KB199168

해도연

작가, 번역가, 연구원. 대학에서 물리학을 공부했고
대학원에서 천문학으로 박사학위를 받았다. 소설집 『진공
붕괴』, 『위그드라실의 여신들』, 장편소설 『라스트 사피엔스』,
『베르티아』, 『마지막 마법사』, 과학 교양서 『외계 행성:
EXOPLANET』 등을 썼고, 다양한 앤솔로지와 잡지에
중단편을 게재했다. 잭 조던의 장편소설 『라스트 휴먼』을
옮겼다.

SF 쓰는 법

SF 쓰는 법

과학적 상상은 어떻게
이야기가 되는가

해도연 지음

작가의 도구 상자

내가 SF라고 부르는 것이 SF다.

— 존 W. 캠벨

SF란 도대체 무엇일까요? 이 질문에 대한 대답은 독자마다, 작가마다, 편집자마다 모두 다릅니다. 아마 어느 것도 틀린 대답은 아닐 겁니다. SF의 스펙트럼은 놀라울 만큼 넓으니까요. 그래서 SF가 무엇인지 정의하려는 시도는 언제나 끝나지 않는 논쟁으로 이어지곤 합니다. 앞에서 인용한 존 W. 캠벨의 말은 SF를 정의한다는 게 얼마나 골치 아픈지를 여실히 드러내는 선언이지요.

그렇다고 어제 쓴 일기를 가져와 SF라고 부를 수는

없는 노릇입니다. SF를 SF답게 만드는 요소가 있다는 뜻이지요. 이런 SF의 요소들은 마치 대기 중의 수증기처럼 우리 주변 어디에나 숨어 있습니다. 그리고 SF를 쓴다는 건 이런 수증기들을 모아 하나의, 혹은 여러 개의 구름을 만드는 것과 비슷합니다. 어떤 구름은 태풍이나 적란운처럼 경이로울 만큼 크고 웅장하겠지만, 또 어떤 구름은 저녁노을 비친 양떼구름처럼 부드럽고 다정하겠지요. 가을 하늘의 렌즈구름처럼 신비하고 오묘한 것도 있을 테고요. 구름은 시시때때로 모양이 변하며 경계도 분명하지 않습니다. 하지만 우리는 그 모양을 분명히 알아볼 수 있지요. 우리가 가진 종이 위에 그림으로 그려 낼 수도 있습니다. 그 그림에 어울리는 수증기들을 찾아 모으고 적당한 도구로 각각의 요소들을 뭉쳐 주면 하나의 구름이 완성됩니다. 운이 좋으면 하늘 높이 떠올라 수많은 사람들의 시선에 닿겠지요.

　이 책에서는 SF라는 구름이 어떤 특징을 가졌는지 그리고 그것을 만들 때 무엇을 어떻게 생각해야 하는지를 이야기하려고 합니다. 간단히 말해 SF의 세계를 구축하고 그걸 써 내는 방법에 대한 이야기입니다.

　글쓰기에 대한 책에는 대개 헛소리가 가득하다. 그래

서 이 책은 오히려 짧다. 나를 포함하여 소설가들은 자기들이 하는 일에 대하여 그리 잘 알지 못한다.

—스티븐 킹, 『유혹하는 글쓰기』

저는 이 말이 소설가가 말하는 글쓰기에 대한 말 중 가장 사실에 가깝다고 생각합니다. 작가들도 잘 모르는 경우가 보통이에요. 짐작만 할 뿐이죠. 그렇다고 기존의 작법서가 모두 쓸데없냐 하면, 당연히 그렇지는 않습니다. 아주 훌륭한 작법서도 많습니다. 방금 인용한 스티븐 킹의 『유혹하는 글쓰기』가 대표적인 사례지요.

SF를 쓰는 법에 관해 이야기한다고 해 놓고 곧바로 이런 말을 하는 이유는 작법서의 역할에 관한 제 생각을 미리 밝히기 위해서입니다. 작법서는 작가의 다양한 경험을 정리해 둔 일종의 도구 상자에 가깝습니다. 이 도구 상자 안에는 세상을 살피는 안경과 돋보기도 있고 부품과 소재를 측정할 자도 있으며 재료를 자르고 이어 붙일 칼과 못, 망치도 있습니다. 그리고 작가들이 가진 도구 상자는 저마다 다르지요. 비슷한 것도 있겠지만 어떤 작가에게는 다른 이는 용도를 짐작조차 할 수 없는 도구도 있겠지요. 비슷한 도구를 전혀 다른 방법으로 사용할 수도 있습니다. 가끔은 다른 작가의 도구를 빌려 오거나 평소에는 쓰지 않던 도구의 사용법을 참고할 수도 있겠죠. 평소에는 미터 단위로 인물의 성격을 설정하다가 가끔은 인치나 천문단위를 쓰고 싶을 때도 있으니까요.

작법서를 읽는다는 건 내게 맞는 도구를 갖춰 나가는 과정입니다. 어떤 작가의 도구 상자 속을 들여다보며 내게 맞는 게 있다면 내 도구 상자에 담아 두는 거죠. 또 지금 당장은 사용하지 않더라도 언젠가 도움이 될 만한 것을 예비 창고에 넣어 두기도 하고요. 글을 처음 쓰기 시작할 때는 이런저런 도구를 사용해 보면서 자기 목적에 맞는 걸 고르고, 부족하다 싶을 때 또 다른 작법서를 들여다보면서 필요한 도구를 수집해 자기만의 도구 상자를 만들어 나갈 필요가 있습니다.

다만 도구에 너무 집착하지 않도록 주의해야 합니다. 도구는 어디까지나 도구일 뿐이고, 결국 중요한 건 이야기 그 자체니까요. 작법서에서 못은 망치 머리로 박아야 한다고 말하더라도 내가 쓰고 싶은 이야기에 어울리지 않는다면 망치 머리 대신 손잡이로 못을 박아도 됩니다. 망치가 없다면 두꺼운 프라이팬을 쓸 수도 있겠지요. 혹시 못을 박지 않아도 되는 건 아닐까 질문을 던져 보는 것도 좋고요. 작법서가 알려 주는 것들은 여러 선택지 중 하나일 뿐입니다. 좋을 때도 있겠지만, 어떤 이야기에서는 형편없는 선택지일 수도 있어요.

도구 수집에 골몰해 너무 많은 작법서를 공부하느라 정작 글은 제대로 쓰지 못하는 것만큼 안타까운 일도 드물 겁니다. 이야기는 폭발물이 아닙니다. 잘못 썼다고 터지지 않아요. 일단 무언가를 쓰고 완성해 누군가에게 보여 주는 경험이 두꺼운 작법서 한 권을 밑줄 그으며 꼼꼼히 읽는 것보다 훨씬 더 가치 있습니다. 무엇보다 좋은 글이든 나쁜 글이든 많이 써 봐야 작법서에서 하는 말의 의미를 제대로 이해할 수 있습니다.

이 책에서는 제가 그동안 SF를 쓰며 사용하거나 참고한 도구와 그 사용법에 대해 이야기하고자 합니다. 모두 SF를 쓰기 위한 도구이지만, 어떤 건 SF만이 아니라 다른 곳에서도 사용되는 일반적인 도구일 수도 있겠지요. 또 어떤 건 아무도 쓰지 않는 도구일 수도 있고요. 반대로 여기에는 없더라도 어떤 작가는 아주 유용하게 사용하는 도구도 있을 겁니다. 어느 도구를 골라 어떤 방법으로 사용할지는 자유입니다. 부디 여러분이 사용할 만한 도구, 참고할 만한 도구를 찾기를 바랍니다. 더불어 다양한 작품을 인용할 텐데, 그중에는 소설도 있겠지만 영화나 만화도 있습니다. 영화든 만화든 소설이든 결국 SF라면 가진 공통점들이 있으니까요.

들어가는 말 ─ 작가의 도구 상자 ⋯ 9

I SF라는 이야기

1　SF란 무엇인가 ⋯ 19

2　SF를 읽는 이유 ⋯ 24

3　SF의 거짓말 ⋯ 34

4　과학을 꼭 이해해야 할까? ⋯ 37

II 소재 vs. 주제

5　소재에서 시작하기, 주제에서 시작하기 ⋯ 43

6　SF는 소재 친화적? ⋯ 52

7　주제가 없거나 다르거나 ⋯ 56

III SF의 세계 만들기

8　SF의 세계와 원칙 ⋯ 63

9　변화는 돌이킬 수 없어야 한다 ⋯ 83

10　SF 인물의 특성 ⋯ 88

IV   SF를 위한 자료 수집

11   자료를 모으는 이유 ⋯ 99

12   자료 수집은 어디서? ⋯ 102

13   자료를 모으며 이야기 만들기 ⋯ 108

14   SF로 탈바꿈하기: 『비너스 락아웃』 ⋯ 114

V   이야기 구축하기

15   이야기의 구성 ⋯ 121

16   구조 vs. 인물과 상황 ⋯ 131

17   설계도에서는 보이지 않는 것들 ⋯ 142

VI   일단 써 보기

18   첫 문장, 첫 문단, 첫 장면 ⋯ 149

19   두 번째 장면부터 끝까지 ⋯ 154

20   퇴고하기 ⋯ 174

나오는 말 ─ 다 쓴 다음에는 ⋯ 191

I
SF라는 이야기

〔 **1** 〕
SF란 무엇인가

SF란 무엇일까요? 어지간해서는 묻고 싶지 않고 가급적 답하고 싶지도 않은 굉장히 골치 아픈 질문입니다. 앞서 구름에 비유하며 두루뭉술하게 설명했지만 눈치 빠른 독자 분들은 사실 구체적인 대답을 회피했다는 걸 간파하셨겠지요. SF라는 장르의 특징을 비유할 뿐 SF가 무엇인지를 설명하지는 않았으니 말입니다. 왜 그랬느냐 하면… 저도 쉽게 정의하기가 어렵고 무엇보다 굳이 정의하고 싶지도 않기 때문입니다. 그냥 제가 쓰고 싶은 이야기를 썼더니 그게 주로 SF로 분류되더라고요! 물론 저도 나름대로 SF의 모습을 그리고 있고 곧 이야기할 겁니다. 그 전에 'SF란 무엇인가'란 질문에 대한 다른 작가들의 대답을 살펴보죠.

과거와 현재의 현실 세계에 대한 적절한 지식과 과학
적 방법론의 성질과 의미에 대한 철저한 이해에 단단
하게 기반한 가능성 있는 사건에 대한 현실적인 추측
　　—로버트 A. 하인라인

플롯 개발과 해결이 진정한 과학적 지식에 의존하고
그 지식 자체가 특징이 되는 이야기
　　—아이작 아시모프

모든 소설은 은유이며 SF는 우리 동시대 삶에서 커다
란 지배력을 가진 것들, 즉 과학적/기술적/상대주의적
이고 역사적인 견해 등으로부터 가져온 새로운 은유
를 사용한다는 점에서 기존 소설과 구분된다.
　　—어슐러 K. 르 귄

SF 장르에게 정체성과 생명력을 주는 것은 경계선이
아니라 중심이다. 정확히 말하면 중심에 있는 도넛 모
양의 무언가이다. 그 도넛 중심엔 과학이 있는 거고.
　　—듀나

이외에도 여러 작가들이 다양한 방법으로 SF를 정의합니다. 어떤 정의를 따르거나 만들어 낼지는 취향의 영역입니다. 그러니 여러분이 SF를 직접 써 보며 나름의 정의를 찾아 나가시면 됩니다. 정답은 없습니다.

애트우드가 언급한 판타지 역시 SF 못지않게 광범위하면서도 경계가 흐릿한 장르입니다. 그 안에 세부 갈래도 굉장히 많고 생각하기에 따라서는 SF 역시 판타지의 하위 장르가 되기도 하지요. 하지만 우리는 대개 SF와 판타지를 구분합니다. 둘은 어떻게 다른 걸까요? 이번에도 다른 작가들의 말을 빌려 오겠습니다.

> 판타지가 집으로 돌아오는 이야기라면, SF는 세계가 변화하는 이야기
> —테드 창

> 판타지는 세계를 원래대로 되돌려 놓으려는 노력을 담은 것이고, SF는 다시는 전으로 돌아갈 수 없는 상태로 세계를 바꾸는 이야기
> —심완선

> 초월적인 것에서 도망가는 것이 호러, 교류하는 것이

판타지, 생각을 멈추지 않고 연구하는 것이 SF다.

　—야마모토 히로시

　이 세 의견을 종합해서 말한다면, SF가 다른 문학과 구분되는 점은 '돌이킬 수 없는 변화와 그에 대한 탐구'라고 할 수 있습니다. 여기에 앞에서 인용했던 SF의 정의 중 일부를 참고해 덧붙이면 이렇습니다. SF는 **과학적 지식과 방법론을 토대로 돌이킬 수 없는 변화를 탐구하는 이야기다.** 다만 오늘날의 SF는 학문으로서의 과학과 기술만을 다루지는 않기 때문에 과학적 지식이라기보다는 보편적이고 일관적인 원칙이라고 하고 싶습니다. 이 원칙은 현실의 원칙일 수도 있고 허구의 원칙일 수도 있죠. 그리고 과학적 방법론은 더 넓은 의미에서 과학적 사고방식으로 표현하고 싶고요.

　그래서 정리하면 다음과 같습니다.

　보편적이고 일관적인 원칙과 과학적 사고방식을 토대로 돌이킬 수 없는 변화를 탐구하는 이야기

　제가 생각하는 SF라는 구름은 이렇게 생겼습니다. 그런데 글을 쓸 때마다 항상 이런 구름이 만들어지지는

않습니다. 거대한 적란운이 만들어지기도 하고 양떼구름 같은 게 만들어지기도 하고요. 여러분의 구름은 어떻게 생겼나요? 아마 모두 다르게 생겼을 겁니다. 원래 그런 거니까 이상하게 생각하지 않아도 됩니다. 완전히 똑같은 구름이 여기저기에 있다면 우리가 영화 『토이 스토리』의 앤디 방 벽지 속에 살고 있거나, 매트릭스에 버그가 생겼다는 거겠죠.

｛ 2 ｝
SF를 읽는 이유

몇 년에 한 번, 혹은 1년에도 몇 번씩 이런 기사를 봅니다.

- 미래학자 뺨치는 SF 영화계의 점쟁이가 들려주는 5가지 예언
- SF 소설, 미래를 얘기하면 현실이 된다!
- 미래과학 기술 전망 'SF포럼' 개최
- 과연 인류의 미래는? SF로 예측하는 인류의 미래

SF가 미래를 예측할 거다 또는 예측했다는 내용이죠. 현재 실제로 쓰이고 있거나 개발 중인 기술 가운데

많은 것들이 오래전 SF에 등장했던 것들과 유사합니다. 아이패드가 발표되자 많은 사람들이 1968년에 나온 아서 C. 클라크의 소설이자 스탠리 큐브릭의 영화인 『2001: 스페이스 오디세이』 속 뉴스패드를 떠올렸습니다. 기능부터 외관, 부작용까지 아이패드와 비슷했으니까요. 뉴스패드에 관한 설명을 볼까요.

> 통신 수단이 근사해질수록 거기에 실리는 내용은 더 사소하거나, 겉만 번지르르하거나, 더 우울해지는 것 같다는 생각. 사고, 범죄, 자연재해와 인간이 초래한 재난, 전쟁 위험, 우울한 사설들, 이런 것들이 지금도 허공에 뿌려진 수백만 단어들의 주된 내용인 것 같았다.

『우주전쟁』과 『타임머신』의 작가로 유명한 허버트 조지 웰스의 『해방된 세계』에는 이런 내용이 있습니다.

> 20세기 중반까지 전쟁 속 폭발물은 모두 순식간에 타오를 뿐인 가연성 물질이었다. 그날 밤, 과학이 세상에 던져 놓은 원자폭탄은 그것을 만든 사람에게도 기이한 것이었다.

핵폭탄에 대한 묘사는 새로울 게 없지만 이 작품이 1914년에 발표되었다는 걸 생각하면 조금 달리 보입니다. 제1차 세계대전이 끝나기도 전이었죠. 1939년에 제2차 세계대전이 발발했고 1942년에 핵폭탄을 만들기 위한 맨해튼 프로젝트가 시작되었으며 첫 핵폭탄이 떨어진 건 1945년이었으니까요. 하지만 SF에서 미래를 예측하는 건 중요한 요소가 아닙니다. 애초에 미래를 예측하려고 쓰인 것도 아니고요.

이야기의 근본적 목적 중 하나는 감정의 고양입니다. 어떤 이야기가 어떤 감정을 훌륭하게 고양했을 때 우리는 그 이야기가 재미있다고 말합니다. 주제나 메시지 전달을 목적으로 만들어지는 이야기도 있지만, 독자의 감정을 고양하지 못하면, 즉 재미가 없다면 아무런 의미도 없습니다. 따라서 이야기를 만들어 낼 때면 이야기 전체로 혹은 특정 장면으로 어떤 감정을 고양하고자 하는지를 항상 염두에 두어야 합니다. 그래야 이야기가 인물의 대사와 작가의 서술이 단순한 정보 전달이나 설명을 넘어 감정을 담아내는 그릇이 될 수 있습니다.

경이감과 경외감

그렇다면 SF라는 이야기가 고양하는 감정은 어떤 것일까요? 대표적으로 경이감을 듭니다. 표준국어대사전에 따르면 경이감은 '놀랍고 신기한 느낌'입니다. 아주 단순하죠. 그런데 이 설명만으로는 부족합니다. 마술을 보는 건 매우 놀랍고 신기한 경험이지만 우리가 SF를 읽을 때 느끼는 경이감과는 조금 다르죠. 옥스퍼드 SF사전에서는 SF의 경이감에 대해 조금 더 구체적인 정의를 내립니다.

가능성에 대한 인식의 확장, 또는 광대한 시공간과의 대면을 통해 각성되는 감각.

그저 놀랍고 신기한 것이 아니라 그것이 인식의 전환 또는 확장으로 이어져야 한다는 것입니다. 이 정의에 모든 사람이 동의하지는 않지만, 이 책에서는 옥스퍼드 SF사전의 정의를 기준으로 삼겠습니다. 가장 일반적이고 보편적인 설명이기 때문입니다.

주목해야 하는 감정이 하나 더 있습니다. 바로 경외감입니다. 경이감이 'Sense of wonder'라면 경외감은 'Sense of awe'로 표현하지요. 경이감과 경외감은 어떻게 다를까요?

정서심리학자 로버트 플루칙이 만든 감정의 수레바퀴를 아실 겁니다. 인간의 감정을 크게 여덟 가지로 분류하고 그것들을 다시 감정의 깊이에 따라 층을 나누어 세분화한 다이어그램으로, 플루칙은 인간의 다양한 감정은 이 수레바퀴에 있는 감정들의 조합으로 만들어진다고 주장했습니다. 감정에는 무지개처럼 다양한 색깔의 스펙트럼이 있고 우리의 다채로운 감정은 이 색깔들이 섞인 결과라는 거죠.

이 수레바퀴에서 경이감은 '평온/기쁨/황홀'과 '혼란/놀람/충격'이 합쳐진 것이라고 할 수 있습니다. 그러니까 표준국어대사전에서 말하는 경이감은 사실 '혼란/놀람/충격' 밖에 담아내지 못하는 정의인 거죠. SF에서 말하는 경이에 담긴 '평온/기쁨/황홀'의 감정은 대개 인식의 확장에서 오는 깨달음에 대한 기쁨입니다.

한편 경외감은 '불안/근심/공포'와 '혼란/놀람/충격' 사이에 있습니다. 경이감에서 '평온/기쁨/황홀'이 빠지고 대신 '불안/근심/공포'가 들어간 거죠. 인식의 확장이 가져다주는 감정의 핵심이 기쁨이냐 두려움이냐에 따라 경이감과 경외감이 구분되는 겁니다. 다만 저 개인적으로는 경외감이 경이감에서 기쁨이 두려움으로 대체된 것이라기보다는 경이감에 두려움이 섞인 것이라고 생각합니다. 사람의 감정은 꽤나 모순적이어서 두려움과 기쁨을 동시에 느낄 수도 있으니까요.

칼 세이건은 이런 말을 했습니다. "경외감을 느끼는 가장 좋은 방법은 맑은 날 밤하늘을 올려다보는 것이다." 여기서 말하는 밤하늘은 서울 같은 도시의 밤하늘을 이야기하는 게 아닙니다. 가로등 하나 없이 외진 곳의 밤하늘이죠. 공기가 맑고 건조한 곳이라면 더욱 좋고요. 그런 곳에서 밤하늘을 향해 고개를 들면 정말이지 쏟아질 것 같은 별들을 볼 수 있습니다. 잔디밭에 돗자리를 깔고 누워서 보면 마치 우주공간에 직접 나가 둥둥 떠 있는 것 같은 느낌을 받습니다. 내가 이 짧은 삶의 주인공이라는 생각은 사라지고 광활하고 영원한 우주의 일부라는 걸 체감할 수 있습니다. 우리가 얼마나 작고 초라한 존재인지, 그렇기에 얼마나 기적처럼 소중한 존재인지 느낄 수 있기도 하고요. 이와 유사한, 극단적이면서도 대표적인 사례로 '조망 효과'Overview Effect가 있습니다. 우주비행사들이 지구를 벗어나 우주에 떠 있는 작고 연약한 지구를 직접 목격하면서 겪는 가치관의 변화를 뜻하는 조망 효과는 그야말로 물리적으로 구현

된 경외감이라고 하겠습니다.

테드 창의 「바빌론의 탑」 속 세상에는 하늘에 천장이 있고 그 천장 아래에 해와 달과 별이 돌아다닙니다. 영락없는 판타지 세계죠. 하지만 「바빌론의 탑」에서 이 세계는 환상적인 일이 벌어지는 무대가 아닙니다. 이야기 속 인물들이 분석하고 분해하고 연구할 대상이자 또 다른 주인공이죠. 인물들은 이런 세상에서 철저히 과학적으로 생각합니다. 탑을 쌓아 하늘에 닿으면 어떻게 될까? 저 하늘 천장 위에는 무엇이 있을까? 탑에서는 어떻게 살아갈까? 그러면서도 어떻게 하면 태양의 열기와 달의 냉기, 별의 충돌을 피할 수 있을까를 고민합니다. 인물들은 세상에 대한 가설을 세우고 실험하고 실패하고, 새로운 가설을 세우고 또다시 검증에 나섭니다. 『반지의 제왕』 속 절대반지가 어떤 원리로 그런 힘을 발휘할 수 있는지 독자와 등장인물 그 누구도 궁금해하지 않지요. 그냥 그런 물건인 겁니다. 하지만 「바빌론의 탑」에서는 작가와 독자, 등장인물 모두가 이 세상이 어떻게 유지될 수 있는지 궁금해합니다.

「바빌론의 탑」은 그 세계에 대한 질문에 다양한 해석이 가능한 하나의 대답을 내놓으면서 끝이 납니다. 거기서 주인공이 느끼는 그리고 독자가 느끼는 감정이 바로 SF의 경외감입니다. 심지어 종교적이기까지 한 경외감이죠.

경외감은 SF가 아니더라도 느낄 수 있습니다. J.R.R. 톨킨의 『반지의 제왕』이나 『실마릴리온』 같은 판타지 세계관에서도, 하워드 러브크래프트 작품 같은 공포 소설에서도 느낄 수 있습니다. 그렇다면 다시 한번 질문해 봅시다. SF가 주는 경외감은 무엇이 다를까요? 바로 경외의 대상에 대해 과학적 탐구를 한다는 점입니다. 즉 SF의 경외감은 인간을 초월한 존재 혹은 대상에서 도망치거나(호러) 교류하거나(판타지) 숭배하며(종교) 얻는 것이 아니라 그것을 탐구할 때 얻을 수 있는 거죠.

그런데 SF에서 경외감이 꼭 필요할까요? 그렇지는 않습니다. 중요하기는 해도 결코 필수는 아니에요. 특히 한국 SF에서는 경외보다는 위로와 치유, 약자와 소수자에 대한 위로와 공감, 변화를 위한 저항이 중요한 감정으로 다뤄집니다. 한국 SF의 중요한 개성 중 하나라고 할 수 있겠죠. 그렇다고 이런 감정을 전달하는 게 한국 SF만의 특징인 건 아닙니다. SF는 존재하지 않는 원칙과 세계를 만들어 내는 데 특화된 장르이므로 차별이 존재하는 불완전한 사회에서 위로와 치유, 변화와 저항을 꾀하는 훌륭한 도구일 수 있습니다. 경이감과 경외감을 전달하는 것만이 SF의 전부가 아닌 거죠.

김초엽 작가의 『관내분실』은 임신한 주인공이 도서관에 보관된 죽은 어머니의 기억을 찾아보면서 겪는 일을 그린 이야기입니다. 이 이야기에 사용된 소재인 '마인드 업로딩'이나 '마인드 라이브러리'는 SF에서 흔히 사용되는 소재입니다. 존재하지 않는 기술을 통해 어머니와의 관계를 다시 정립하고, 그동안 위대한 감정으로 대상화되며 여성들에게 강요되던 모성을 다른 방향에서 바라보게 만듭니다. 이를 통해 여성과 모성, 임신과 출산에 대한 인식을 새로운 방향으로 그려 내는 이 작품은 경이감이나 경외감이 크게 부각되지는 않지만 차별과 소외에 대한 공감을 이끌어 내는 것으로 완성된 SF입니다.

앤·제프 밴더미어 부부가 세계 각지의 페미니즘 SF를 모아서 엮어 낸 『야자나무 도적』의 원제가 '혁명하는 여자들'Sisters of the Revolution인 것만 봐도 어떤 분위기를 담아낼지가 잘 전달되지요. 이 작품은 SF와 페미니즘이 가까운 사이임을 보여 주는 동시에 SF가 기존 세계에 대한 도전과 저항을 품고 있다는 것 역시 잘 보여 줍니다. 물론 수록작 가운데 경이감이나 경외감을 표현하는 작품도 있지만 이 작품집 전체를 통과하는 핵심적인 감정은 저항심과 투쟁심입니다.

하지만 저항심과 투쟁심 역시 꼭 필요한 것은 아닙니다. 그런 것 없이도 SF의 세계와 사건·소재·인물 등을 통해 독자에게 어떤 즐거움을 느끼게 한다면 SF 문학으로서는 충분히 할 만큼 했다고 할 수 있습니다.

SF를 쓰고 싶다면 경외감을 전하고 싶은지, 체제를 전복하는 쾌감을 주고 싶은지, 아니면 단순히 짜릿한 재미를 선사하고 싶은지를 미리 생각해 두어야 합니다. 그러면 목적에 더욱 적합한 소재를 찾고 사건을 구성할 수 있으니까요. 이야기를 쓰다 보면 생각했던 것과는 다른 방향으로 나아가기도 하는데, 그때 미리 생각해 둔 방향성을 나침반으로 삼아 이야기를 다듬어 나갈 수도 있습니다. 물론 항상 그 방향을 따를 필요는 없습니다. 헤매다가 들어선 길이 더 멋지다는 생각이 들면, 낡은 나침반은 버려야죠.

{ 3 }
SF의 거짓말

모든 문학은 거짓입니다. 허구의 이야기예요. 실화를 바탕으로 한들 결국 각색이 들어갈 수밖에 없고, 허구라는 이름을 떨쳐 낼 수 없게 되지요. SF도 문학인 만큼 아무리 사실적이더라도, 철저히 고증을 따르더라도 결국 허구입니다. 하지만 SF의 거짓말은 문학의 허구성과는 조금 다른 개념입니다. 제 생각에, 이 거짓말은 경외감과 더불어 SF의 가장 중요하면서도 본질적인 요소입니다.

　　SF의 거짓말은 존재하지 않는 과학이라는 모습으로 존재합니다. 가짜 과학이나 유사과학을 말하는 게 아닙니다. 엄밀한 과학적 사고방식을 토대로 구축된 허구의 과학이라는 거죠. SF는 존재하지 않는 과학이 '만일 존재한다면' 있을 법한 세상을 구축합니다. 이때의 과학은 자연과학일 수도 있고 사회과학일 수도 있습니다.

영화 『그래비티』는 매우 훌륭한 우주 영화입니다. 우주를 이토록 현실감 넘치게 그린 영화는 쉽게 나오지 않을 겁니다. 그렇다면 이 영화는 SF일까요? SF라고 해도 아무런 위화감이 없지만, 굳이 따지자면 『그래비티』는 SF가 아닙니다. 허구의 사실은 있지만 허구의 과학이 없거든요. 『그래비티』에 등장하는 설정 대부분은 실제로도 존재하는 것들입니다. 허블 우주망원경, 우주왕복선, 국제우주정거장 모두 실재하지요. 사실과 다른 부분도 많습니다만 그런 것들은 무언가 새로운 것을 보여주기 위한 것이라기보다는 연출상의 이유로 꾸며진 것들이에요. 허블 우주망원경과 국제우주정거장의 고도는 전혀 다르지만, 국제우주정거장이 소리 없이 처참하게 분해되는 명장면을 보여 주기 위해 위치를 조정한 것처럼요. 그래서 『그래비티』는 SF라기보다는 우주를 배경으로 한 재난 영화에 가깝습니다. 우주 배경의 허구 이야기이지만, 그 허구는 SF의 거짓말이 아니라 문학의 허구인 거죠.

영화 『마션』 역시 『그래비티』처럼 홀로 지구 밖에 남겨진 인간의 고군분투를 그립니다. 두 작품 모두 우주라는 광활한 공간 속 작은 한 인간을 바라볼 때의 경외감을 전달하지만 『마션』에는 『그래비티』에 없는 것이 있습니다. 지구와 화성 사이를 가로지르는 유인 행성간 우주선이나 화성에서의 감자 재배 같은 것들, 즉 지금은 존재하지 않는 과학 기술 말입니다. 그리고 『마션』은 이런 허구의 과학 기술을 그저 매끄러운 연출을 위해 활용하는 게 아니라, 이야기 속에서 주인공만큼이나 중요하게 다룹니다.

　SF라고 무작정 허구의 과학을 들이댈 수는 없습니다. 표면적으로는 충분히 현실적이어야 해요. 적어도 이야기 속 세계관에서는 철저히 과학적 사고방식을 따라야 하죠. 「바빌론의 탑」이 전혀 다른 세상의 과학을 철저히 논리적으로 표현했다면, 『마션』은 우리와 거의 같은 세상을 공유하고 있기 때문에 행성간 우주선이나 화성의 농경 등 적어도 아직은 현실에 존재하지 않는 것을 최대한 과학적 사실을 바탕으로 표현합니다.

〔 4 〕
과학을 꼭 이해해야 할까?

미국이 자랑스러워하는 위대한 문학 작품 중 하나인
『위대한 개츠비』는 제1차 세계대전 직후의 1920년대
미국을 배경으로 합니다. 당시의 미국은 그때까지 경험
하지 못했던 호황을 누렸습니다. 전쟁 물자 덕분에 부자
들은 더 부자가 되었고, 밀주업으로 돈을 번 새로운 부
자들도 늘어났죠. 여성들 사이에서는 '플래퍼'●라는 삶
의 방식이 유행했고요. 개츠비는 술을 밀수해 막대한 돈
을 번 신흥 부자이고, 그가 사랑한 여자 데이지는 플래
퍼의 삶에 염증을 느끼고 있습니다. 데이지의 남편 톰은

● flapper. 제1차 세계대전 이후 여성의 사회 참여로 생겨난 신
여성을 일컫는 말이지만 그 전형적인 모습은 짧은 치마를 입고
담배를 문 채 댄스홀 등에서 노는 여자였다. 1922년 『플래퍼』라
는 잡지가 창간될 정도로 '플래퍼 붐'은 미국 사회에 큰 영향을 미
쳤다.

예전부터 부자였지만 지금은 더 부자가 된 오랜 갑부 집안 사람이고요. 개츠비와 톰뿐만 아니라 등장인물 대부분이 당시 시대상의 일부를 반영하고 있어요. 서술과 묘사, 장면 하나하나가 굉장히 생생해서 그 시대의 클립 영상처럼 느껴지기도 합니다. 책을 쥐어짜면 그 시대의 물감이 뚝뚝 떨어질 것 같아요. 그래서 당시 미국 사회를 알고 『위대한 개츠비』를 읽어 보면 왜 이 작품이 지금과 같은 평가를 받는지 어렵지 않게 이해할 수 있습니다.

하지만 이런 배경지식 없이 읽어도 이 작품의 가치와 재미가 떨어지지는 않습니다. 1920년대 미국 사회의 반영은 이 작품의 요소일 뿐 본질은 아니니까요. 이 작품의 핵심은 개츠비라는 복잡한 인물을 바라보며 서술자 닉이 느끼는 혼란스러우면서도 단호한 감정에 있습니다. 개츠비는 현명하고 순수한 듯하면서도 어리석고 세속적이며 물질적인 인물이에요. 목표를 위해선 수단과 방법을 가리지 않는 것처럼 보이지만 결코 넘지 못하는 선도 있죠. 그로 인해 결국 파국을 맞이합니다. 『위대한 개츠비』에서 독자의 입장을 대변하는 닉은 그런 개츠비의 이름 앞에 '위대한'이라는, 칭찬과 존경 그리고 약간의 조롱이 섞인 단어를 붙입니다. 그 조롱이 개츠비를 향한 것인지, 아니면 개츠비를 만들어 낸 사회를 향한 것인지는 모르겠지만요. 이런 감상에 1920년대 미국에 대한 이해는 필수적이지 않아요. 알면 더 재밌겠지만 몰라도 됩니다. 개츠비의 이야기는 1920년대 미국이기에 가능한 이야기지만, 그 인물을 바라볼 때 느끼는 우리의 감정은 시대적 배경에 갇히지 않으니까요.

　SF 역시 마찬가지입니다. SF가 전하는 경외감의 많은 부분은 치밀하게 구성된 과학에 빚지고 있지만, 경외감 자체는 과학을 이해하는 것과 크게 상관없어요. 이야기 속에 등장한 과학을 이해한다면, 그건 그것대로 좋습니다. 디테일 속에서 새로운 재미를 느낄 수 있겠죠. 하지만 그런 이해가 없더라도 인간중심적인 사고에서 벗어나 세상과 자신을 객관적으로 바라보려는 마음만 있다면 얼마든지 SF를 즐길 수 있습니다. 경외감은 감정이지 지식이 아니니까요. 천체물리학을 몰라도 『인터스텔라』나 『2001: 스페이스 오디세이』를 보고 즐기는 데 아무 문제가 없는 것처럼요. 『쥬라기 공원』에서 공룡의 손상된 DNA를 어떻게 보완했고 그게 어떤 재앙을 불러왔는지, 이후로 이 시리즈가 『쥬라기 월드: 도미니언』까지 진행되는 동안 공룡에 대한 이해가 어떻게 바뀌었는지 등을 굳이 이해하지 않아도 됩니다. 알면 더 재밌겠지만, 몰라도 재밌습니다. 광활한 우주 속에 자리 잡은 '나'를 돌아보거나, 자연과 생명의 거스를 수 없는 힘을 느끼고 감상하는 데 지식이나 학위는 필요하지 않아요.

물론 작가는 이야기를 만들어 내야 하니 과학적 지식과 이해가 있으면 훨씬 좋습니다. 더 많은 도구와 선택지가 주어지니까요. 하지만 어디까지나 중요한 건 과학적 접근과 사고 그리고 거기서 비롯되는 '감정'이라는 걸 잊으면 안 됩니다.

문학과 가장 멀리 떨어져 있다고 해도 과언이 아닐 '과학'이라는 명사가 '소설' 앞에 붙었는데도 SF가 문학 장르로서 유지될 수 있는 이유가 바로 여기에 있습니다. SF도 결국은 사람의 감정, 주인공의 감정, 독자의 감정에 대한 이야기라는 점 말이에요. 그 감정을 전달하기 위해 일반적인 문학과는 다른 길을 다른 방법으로 오르는 것이죠. 결국 다른 곳에 다다라 우리에게 그 감정을 색다른 모습으로 전달해 주고요.

II
소재 vs. 주제

〔 5 〕
소재에서 시작하기, 주제에서 시작하기

자, 이제 여러분은 소설을 쓰려고 합니다. 그냥 소설이 아니라 SF라는 장르 소설을요. 그렇다면 가장 먼저 무엇을 생각해야 할까요? 일단 흥미로운 소재를 찾아야 할 것 같습니다. 전달하고 싶은 주제나 메시지도 있어야 할 것 같죠. 매력적인 인물도 만들어야 할 것 같고 핵심적인 사건에 대해서도 생각해야 할 것 같습니다.

가장 좋은 방법은 먼저 떠오르거나 발견하는 것부터 시작하는 겁니다. 흥미로운 소재가 떠올랐다면 거기서부터 시작하면 됩니다. 독자에게 전하고 싶은 주제나 메시지가 있다면 그걸 출발점으로 삼고요. 놀라운 사건이 떠올랐다면 그 사건을 어떻게 일으킬지 생각하며 시작합니다. 여러분이 좋아하는 작품을 살펴보고 거기서 따라해 보고 싶은 특징을 골라 보는 것도 좋은 방법입니다. 어느 한 작품의 분위기나 표현 방법, 주인공이나 주변 인물의 경험과 성장, 감정 등에서 시작해 보세요. 저는 초등학교 때 우주괴물 소설을 쓴 적 있는데, 영화 『에이리언』 시리즈를 보고 밀폐된 공간에서 점점 조여 오는 공포감을 따라하고 싶어서 썼던 거였어요.

이야기를 쓰고 싶다는 생각이 들게 하는 것이라면 무엇이든 좋습니다. 거기서 시작하세요. 이야기를 만들 때는 여러분이 신이니, 세상을 창조하는 순서는 여러분 마음입니다. 첫날부터 인간을 만들고 셋째 날에 쉬고 일곱째 날에 뒤늦게 빛이 있으라고 해도 괜찮습니다. 그래도 가이드라인이 있으면 도움이 될 테니, 몇 가지 일반적인 사례를 짚어 보겠습니다. 어디까지나 예시라는 점을 명심하세요.

이야기에서 소재와 주제 중 어느 것이 중요하냐, 혹은 어디서 시작되느냐 하는 논쟁은 장르소설 창작에서 자주 등장합니다. 특히 SF는 작품 전체를 관통하는 새로운 기술과 원칙이 중요할 때가 많기 때문에 더 그렇고요. 처음 SF를 쓰려고 하는 사람들은 괜찮은 소재를 찾으려 많은 시간을 쓰곤 하는데, 작품의 주제를 중요하게 여기는 사람들에겐 이런 태도가 그리 좋아 보이지 않는 듯해요. 전달하고 싶은 것, 즉 하고 싶은 말이 먼저 있어야 한다는 거죠. 하지만 앞에서 말한 것처럼 결국은 작가의 마음입니다. 주제를 지정하며 원고료를 주는 특별 청탁 같은 게 아니라면요.

소재에서 시작하기

소재에서 시작된 이야기를 하나 살펴봅시다. 이럴 때면 역시 가장 만만한 게 제 작품입니다.

「위그드라실의 여신들」은 목성의 얼음 위성인 유로파에서 마지막 임무를 수행하는 세 명의 여성 과학자 이야기입니다. 유로파의 얼음 표면 아래에는 거대한 바다가 있을 것으로 추정되는데, 이 바다는 현재 태양계에서 지구 바깥의 생명체가 발견될 가능성이 가장 높은 곳 중 하나입니다. 햇빛이 닿지 않는 지구의 심해에도 뜨거운 물과 다양한 화학물질을 뿜어내는 해저 열수 분출공●에 의존해 살아가는 생태계가 있습니다. 그래서 유로파의 해저에도 이런 열수 분출공이 있다면 그 주변에 생태계가 존재할 수 있다는 주장이 오래전부터 제기되어 오고 있고요. 「위그드라실의 여신들」은 바로 이 '유

● 뜨거운 물과 기체가 지하에서 솟아나오는 굴뚝형 구멍.

로파 해저의 열수공 주변에 존재하는 생태계'라는 소재에서 시작되었습니다. 이런 곳에서는 열수공이 거의 유일한 에너지원이 될 것이기 때문에 열수구가 하나의 행성과 비슷한 역할을 할 수 있겠지요. 열수에 의존해 살아가는 만큼 그곳 생명체들은 열수의 영향 바깥에서는 살 수 없을 겁니다. 닫힌 생태계인 거지요. 그렇다면 차가운 바닷물을 사이에 두고 멀리 떨어진 다른 열수공과 그곳의 생태계는 마치 다른 행성처럼 느껴지지 않을까요? 그렇게 생각하니 유로파의 바다가 우주의 축소판처럼 느껴졌습니다. 그래서 이걸 이야기로 써 보고 싶었지요.

　유로파 해저 열수공의 주변 생태계라는 소재를 정했으니, 이제 이 소재를 꾸며 줄 다양한 도구가 필요합니다. 그래서 도서관에서 해양생물학과 우주생물학 책을 읽으며 어떻게 하면 유로파의 바다와 생태계를 그럴듯하게 보여 줄 수 있을지 고민했어요. 그러면서 유로파 내부 바다의 물질이 얼음층을 뚫고 표면까지 도달해 노출될 수 있다는 사실을 알게 되었고, 주인공들이 이걸 이용해 굳이 잠수하지 않고 얼음 밑 바다의 생태계를 조사할 수 있는 걸로 결정했습니다. 유로파의 많은 지형은 표면의 얼음이 얼었다 녹기를 반복하며 생긴 거라서 운석이 충돌해도 그 흔적이 금방 사라집니다. 그런데 유로파의 지도를 보면 유독 눈에 띄는 운석 충돌구가 하나 있어요. 비교적 최근에 생긴 터라 아직 남아 있는 거죠. 이름도 있고 찾기도 쉬운 데다 운석 충돌구라면 주변 얼음 파편으로 연구한다는 설정도 가능할 것 같으니 이야기의 배경은 저곳으로 하자고 정했습니다. 논문이 아니라 소설을 쓰려는 것이기 때문에 교과서나 학술서를 보더라도 그걸 철저히 이해하려고 할 필요는 없습니다. 대략적인 분위기를 파악하고 쓸모 있어 보이는 기본적인 과학적 원칙이나 현상, 재미있는 사례 같은 것들을 몇 개 뽑아내는 것으로 충분해요. 「위그드라실의 여신들」에 등장하는 과학적으로 뭔가 그럴듯해 보이는 설정들은 대부분 이 정도의 감각으로 만들었습니다.

　　너무 현실적이기만 하면 재미없으니, 존재하지 않는 과학을 꾸며 내 이야기의 소재와 배경을 조금 더 풍부하게 만들어 주는 것도 좋습니다. 그래서 저는 높이 10킬로미터가 넘는 거대한 해저 열수 화산이라든가 바다 번개, 얼음 아래에서 자기장을 먹고 사는 미생물 등을 만들었죠. 이걸로 이야기 속 세상은 대충 준비되었습니다. 아직은 엉성하지만 디테일은 나중에 추가하면 됩니다.

이제 인간의 이야기를 집어넣을 차례입니다. 어떤 인물을 만들어야 할까요? 저는 저를 대신해 이 낯선 외계 생태계를 탐사할 수 있는 과학자를 주인공으로 삼기로 했습니다. 유로파의 바다를 탐험하고 싶다는 지극히 사적인 욕망을 대신 실현해 줄 인물을 만든 거죠. 단순히 탐사만 하면 아무래도 따분할 수밖에 없을 테니 각기 다른 배경을 가진 과학자도 세 명 데려왔어요. 이들은 오랫동안 유로파에서 함께 연구하며 누구보다 서로를 잘 이해하는, 어찌 보면 가족이나 연인 이상의 존재입니다. 하지만 각자 선 삶의 자리와 방향이 달랐기에, 마지막에는 언젠가 서로의 삶이 다시 교차할 날을 기다리며 서로 다른 길을 걸을 수밖에 없게 되죠.

저는 이 작품을 쓰면서 주제는 딱히 생각하지 않았습니다. 그저 제가 보여 주고 싶은 걸 보여 줄 방법을 고민했을 따름이지요. 하지만 쓰다 보니 적어도 이 이야기 속 세상에서는 인류 구원 같은 대의보다 더 위대한 감정과 연대가 있을 수 있다는 생각이 들었습니다. 그래서 마지막에 이 주제를 조금 더 드러낼 수 있도록 이야기를 다듬었어요. 소재에서 시작한 이야기였지만 그걸 완성해 준 건 뒤늦게 발견한 주제였죠.

다른 작품인 「텅 빈 거품」도 마찬가지입니다. 진공

붕괴라는 멋지고 파괴적인 현상을 소재로 쓰고 싶어서 적당한 세상과 인물, 사건을 만들어서 이어 붙였습니다. 그랬더니 기만적 세상 속 선택의 딜레마라는 주제가 보이기 시작했고, 그걸 다듬어 이야기를 완성했습니다.

주제에서 시작하기

이제 반대로 주제에서 시작하는 이야기를 살펴봅시다. 제 작품 「위대한 침묵」은 미소 공간과 반물질, 에너지 위기, 우주 자원 개발 등의 소재가 핵심적인 역할을 하는 전형적인 과학 기술 기반의 SF입니다. 하지만 이 모든 소재는 '충분한 이해가 없는 선택은 돌이킬 수 없는 결과를 불러올 수 있다'는 주제를 전달하기 위해 끌어온 것에 불과합니다. 이 이야기는 아이작 아시모프의 「죽은 과거」라는 단편 소설에서 영감을 받았습니다. 「죽은 과거」는 과거를 들여다볼 수 있는 기계를 둘러싼 추적과 음모를 그리는데, 주인공들이 대의를 위해서라고 여겼던 어떤 마지막 선택이 결국 돌이킬 수 없는 파국으로 이어질 것이라는 암시를 주고 끝납니다. '선의의 선택이 좋은 결과를 보장하지는 않는다'는 주제가 저는 굉장히 마음에 들었어요. 「죽은 과거」는 "지옥으로 가는 길은

선의로 가득하다"라는 오래된 격언을 비틀어 긴장과 반전이 있는 이야기 속에 담아냈다고 생각했거든요.「위대한 침묵」은 여기서 '선의의 선택'을 '불완전한 이해'로 대체해 만들어 낸 이야기고요.

「위대한 침묵」은 인류가 직면한 거의 모든 문제를 완벽하게 해결해 줄 어떤 기술과 그 의미를 알 수 없는 외계 신호를 둘러싼 권모술수를 다룹니다. 주제에서 시작했기 때문에 소재의 선택과 인물 구성, 사건 전개는 모두 주제에 맞춰 조립되었습니다.「위대한 침묵」의 주인공은 초기 설정에서는 탐정 못지않게 적극적으로 움직이는 기자였어요. 그런데 이런 냉철한 주인공이 '불완전한 이해에 기반한 돌이킬 수 없는 선택'을 하게 만들기란 쉽지 않았지요. 불가능하지는 않겠지만 이런 주인공의 선택에 설득력을 부여하려면 인물의 서사에 많은 변곡점이 필요했고, 그러면 단편에 담기 어려울 뿐만 아니라 주제 역시 인물에 따라 변할 것 같았습니다. 매력적인 인물에서 시작한 이야기라면 장편으로 전환하거나 주제를 바꿔서라도 인물을 지켜 냈겠지만, 이 이야기는 어디까지나 주제에서 시작한 이야기였고 이 주제는 짧고 강렬한 결말로 마무리되는 단편에 어울린다고 생각했습니다. 몇 차례의 시행착오를 거친 끝에 결국 주인공은 거대 기업 홍보부에서 일하는 소심한 말단 직원으로 바뀌었습니다. 초기 설정과는 정반대의 인물으로요. 늘 수동적으로 끌려다니던 주인공이 마침내 마음을 고쳐 잡고 최후의 순간에 내린 능동적인 판단이 돌이킬 수 없는 변화를 몰고 오는 것을 보여 주며 마무리했습니다. 그로 인해 주인공의 성장이 의도치 않은 파국을 몰고 왔다는 아이러니도 함께 담아낼 수 있었어요.

　　나중에 이 이야기에 개성을 부여한 건 제목이기도 한 '위대한 침묵'이라는 개념이었습니다. '우주에 우리 말고 다른 생명과 문명이 있다면 왜 아무도 우리에게 신호를 보내지 않는 것인가, 어째서 우주는 이토록 조용한 것인가?' 처음으로 이 질문을 던진 과학자의 이름을 따서 '페르미 역설'이라고도 불리는 이 이론은 오래전부터 많은 과학자와 작가의 상상력을 자극해 왔습니다. 「위대한 침묵」은 결말에서 이 역설에 대한 나름의 소설적 대답을 제시했고, 앞에서 말한 주제보다 이 대답에 관심을 보인 독자들이 더 많았던 것 같습니다. '선택과 결과'라는 주제에서 시작했던 이야기가 '우주의 위대한 침묵'이라는 소재를 통해 완성된 거죠.

{ 6 }
SF는 소재 친화적?

SF는 아무래도 타임머신이나 외계인, 인공지능, 투명인간 등 특정 소재로 대변될 때가 많아서 소재 친화적이라고 느끼기 쉽지만, 사실은 그렇지도 않습니다. 오히려 다른 장르에서는 다루기 까다로운 주제를 SF의 다양한 소재를 통해 표현할 수 있기 때문에 오히려 주제 친화적이라고 할 수 있습니다.

옥타비아 버틀러의 『블러드 차일드』로 예를 들어봅시다. 이 작품에서 인간은 모종의 사유로 낯선 행성에서 틀릭이라는 외계인과 공생관계를 맺고 있습니다. 인간은 이방인으로서 틀릭의 행성에서 살아가는 대신 일부 사람들이 틀릭의 알을 몸 안에 품어야 합니다. 틀릭의 알을 품은 사람은 때가 되면 몸을 절개해 틀릭의 아이를 낳을 운명이죠. 자칫 인간이 가축이나 노예가 된 것처럼 보이지만, 작품 속에서 인간과 틀릭은 가족과 같은 관계를 맺고 있고, 심지어 진심으로 사랑하기도 합니다.

주인공인 인간 소년 간은 함께 사는 틀릭인 트가토이의 새끼를 낳기로 선택되었습니다. 간은 어느 날 집을 찾아온 남자의 몸에서 틀릭의 새끼들이 태어나는 광경을 보고는 자신의 운명에 혼란을 느끼기 시작해요. 이를 눈치챈 트가토이는 원하지 않으면 자신의 새끼를 낳지 않아도 된다며 간에게 선택지를 줍니다. 트가토이의 제안은 진심이었겠지만, 틀릭의 새끼를 낳는 것이 암묵적 의무나 마찬가지인 세상에서 간은 자유롭게 선택할 수 있을까요? 이 와중에 간의 누나는 오히려 트가토이의 새끼를 직접 낳고 싶다며 간을 부러워하지요.

작가 옥타비아 버틀러는 젊은 여성이 아니라 어린 소년이 더 강한 존재를 위해 두렵고 고통스러운 임신과 출산을 겪어야 한다는 운명, 인간이 더 강한 존재에게 의존해 살아가며 희생을 감수해야 하는 세계 그리고 어디까지가 자유의지인지 불분명한 세상을 그려 냄으로써 우리가 당연하게 여기는 여성의 임신과 출산을, 그에 대한 사회적 시선을 되돌아보라고 말합니다. SF이기에 자연스럽게 받아들일 수 있는 설정과 세계를 통해 주제를 노골적일 만큼 직접적으로 전달하고 있는 거죠. SF가 아니었다면 구구절절 복잡한 설명과 비유, 억지스러운 비약이 필요했을 겁니다. 『블러드 차일드』처럼 짧은 분량으로 이토록 강력한 인상을 주지 못했겠지요.

이처럼 남성과 여성의 사회적 혹은 생물학적 위치를 바꾸거나 섞는 작품이 1970년대부터 1980년대 사이에 많이 발표되었습니다. 상당수가 SF였죠. SF가 아니고서야 그런 역할 전환을 그럴듯하게 만들어 내기가 어려울 테니까요. 그래서 이때를 페미니즘SF의 전성기라고 부르기도 합니다. 남성에게 강간과 임신, 출산의 공포를 심어 주었던 리들리 스콧의 『에이리언』도 이 시기에 나왔고요.

윌리엄 텐의 「동쪽으로 출발!」은 대규모 전쟁 이후로 아메리카 원주민들이 지배하게 된 미국을 이제는 약자가 되어 버린 백인들이 온갖 수모를 겪으며 가로지르는 이야기입니다. 백인 주인공들은 자신들 같은 약자를 대변해 줄 카리스마 넘치는 인권주의자 구세주 등장을 바라며 전설 속 자유의 땅 유럽을 향해 나아갑니다. 백인 중심 헤게모니에 대한 고찰은 그리 낯선 주제가 아

54

닙니다. 하지만 이 작품은 포스트 아포칼립스 SF라는 장르를 통해 침략자와 원주민의 입장을 뒤집고, 무자비한 아이러니까지 섞으며 놀라울 만큼 짧은 분량으로 사실적인 이야기를 완성합니다.

결국 SF는 어떤 까다로운 주제도 효과적으로 담아낼 수 있는 문학 장르라고 할 수 있습니다. 특정 주제만을 위한 세상을 작가가 원하는 만큼 치밀하게 설계하고 구축하고, 세계를 지배하는 기본 원칙 또한 만들 수 있으니까요.

주제가 없거나 다르거나

주제가 없는 이야기

J.R.R. 톨킨의 『반지의 제왕』 전체를 아우르는 주제는 무엇일까요? 대개 '욕망에 지배되지 않는 삶의 소중함'을 꼽지요. 하지만 이 주제를 전달하려고 단어 50만 개에 이르는 이야기를 쓰는 건 모기를 잡겠다고 기관총을 쏘는 것과 비슷하지 않을까요?

우리는 문학에 주제나 메시지를 자주 기대합니다. 소재는 어디까지나 주제 전달을 위한 부수적인 수단으로 취급하기도 하고요. 입시 문화 때문일 수도 있고 오락성을 낮게 평가하는 순문학 중심의 문화 때문일 수도 있습니다. 하지만 주제가 없거나 불분명한 이야기는 있어도 소재가 없는 이야기는 없습니다. 그리고 앞서 말했듯 문학의 근본적인 목적은 감정의 고양이지요. 『반지의 제왕』은 독자의 감정을 고양시키는 데 있어 지난 세기에 나온 그 어떤 문학 작품보다 커다란 성과를 이뤘습니다. 그렇기에 이야기 전체를 아우르는 통일된 주제와 메시지가 잘 보이지 않더라도 『반지의 제왕』은 위대한 문학이자 이야기라고 할 수 있지요. 이런 의미에서 주제와 메시지야말로 부수적입니다.

훌륭한 주제를 작품 속에 담아내는 건 쉬운 일이 아닙니다. 그걸 잘 해냈다면 분명 보람 있고 가치 있는 일이고요. 소재에서 시작한 이야기에서 생각지 못한 주제를 발견해 그걸 키워 내는 것도 분명 짜릿한 일입니다. 그렇다고 모든 문학이 그걸 해낼 필요는 없어요. 분명한 주제가 있든 없든 이야기를 통해 독자에게 어떤 감정을 극적이고 효과적으로 전달했다면 그것만으로도 문학으로서 제 역할은 충분히 해낸 겁니다.

그리고 주제가 눈에 보이지 않는다고 정말 주제가 없는 경우는 사실 별로 없습니다. 작가가 창조해 낸 세계에는 어떤 형태로든 작가의 경험이 반영되어 있고, 그 경험은 작가가 가진 가치관의 필터를 통과한 것이니까요. 그저 굳이 체계적으로 전달하려고 하지 않은 것일 뿐 주제는 여전히 어딘가에 숨겨져 있을 가능성이 높습니다. 혹시 숨겨진 주제가 이야기를 풍부하고 매력적으로 만들어 준다면, 그걸 키우고 확장하면 됩니다. 그렇지 않다면 굳이 드러내지 않고 그냥 자연스럽게 존재하도록 내버려두거나, 아직 미흡하다는 생각이 들면 꼭꼭 숨겨 버리는 것도 방법입니다.

같은 이야기, 다른 주제

같은 이야기를 두고 사람에 따라 서로 다른 것을 보기도 합니다. 크리스토퍼 놀란의 『인터스텔라』를 보죠. 과학을 좋아하는 사람에게 이 영화는 티끌 같은 인간이 깊고 거대한 심우주 탐사에 나설 때의 경외감을 사실적으로 담아낸 끝내주는 작품일 겁니다. 이 영화를 사랑하는 사람들이 손에 꼽는 장면 중 하나는 화면 속 자그만 점으로밖에 보이지 않는 인듀어런스호가 화면에 담기지도 않을 만큼 거대한 블랙홀의 강착원반에 접근하는 순간입니다. 인간이라는 먼지 알갱이가 원하는 것을 얻기 위해 거대한 바위산에 도전하는 모습이니까요. 이와 같은 작품의 소재와 사건을 이야기의 핵심으로 본 사람에게 이 작품의 주제는 "언제나 그랬던 것처럼 우리는 답을 찾을 것이다"라는 영화의 홍보 카피 그대로일 겁니다. 주인공과 딸의 관계는 어디까지나 이야기를 입체적으로 만들기 위한 서브플롯일 뿐이고요. 하지만 어떤 관객에겐 서로 다른 시공간으로 떨어진 아버지와 딸의 애절한 사랑 이야기이며, 가장 극적인 장면은 쿠퍼가 테서렉트 내부에서 딸 머프에게 "STAY"라고 메시지를 보내며 울부짖는 장면이었겠지요. 이 경우 아버지와 딸의 이야기야말로 서사의 중심이고 웜홀과 블랙홀은 두 사람의 시공간을 갈라놓기 위한 도구입니다. 인물의 감정을 중심으로 이야기를 따라간 사람에게 주제는 "사랑은 시공간을 초월하여 느낄 수 있다"가 되겠죠.

주제는 이야기를 접하는 이의 기대와 취향, 태도 등에 따라 얼마든지 달라질 수 있습니다. 즉 여러분이 이야기를 인물의 감정을 중심으로 썼든 소재와 사건을 중심으로 썼든, 이런 주제로 썼든 저런 주제로 썼든, 그걸 어떻게 받아들이느냐는 전적으로 독자의 몫입니다. 그러니 여러분은 하고 싶은 이야기를 하고 싶은 방법으로 하면 됩니다. 인물을 중심으로 가져와야 이 이야기가 잘 풀릴 것 같으면 그렇게 하세요. 하지만 독자가 '인물은 안중에도 없고 소재와 사건에만 집중한다'고 평하더라도 그러려니 해야 합니다. 주제 역시 마찬가지입니다. 정성스럽게 담아 둔 주제가 있는데도 독자가 엉뚱한 걸 읽어 내거나 별거 아니라고 여겼던 걸 핵심 주제로 보더라도 어쩔 수 없습니다. 어지간히 틀린 게 아니라면, 예를 들어 스티븐 스필버그의 『쉰들러 리스트』가 나치를 옹호한다고 주장하는 정도가 아니라면 그냥 그러려니 하세요.

다만 한 가지, 욕심을 부리면 안 됩니다. 인물과 감정, 소재와 사건, 주제와 메시지 등 모든 것을 잡으려고 하면 이야기를 끝내는 것조차 어려울 수 있어요. 어느 하나를 중심으로 써 봤으면, 그다음은 다른 하나를 중심으로 써 보고, 그다음엔 또 다른 하나를 중심으로, 때로는 섞어 보기도 하면서 이야기를 완성하는 습관을 기르는 것이 우선입니다. 그러다 보면 인물과 감정을 중심으로 쓰다가 매력적인 소재와 사건이 갖춰지는 일도 생길 겁니다. 어떤 주제로 글을 쓰다가 더 흥미로운 다른 주제를 발견하기도 하고요. 이런 일은 대개 예상치 못하게 일어나기 때문에 많은 이야기를 다양한 방법으로 완성해 보는 게 중요합니다.

III

SF의 세계 만들기

{ 8 }

SF의 세계와 원칙

다른 세계에는 없고 SF의 세계만이 지닌 무언가가 있다면 무엇일까요? 흔히 존재하지 않는 과학과 기술을 떠올릴 겁니다. 그렇다면 SF에 초능력은 있으면 안 될까요? 영혼은 또 어떨까요? SF에 낯선 과학과 기술이 꼭 있어야 하지는 않습니다. 있다고 해서 반드시 중요한 역할을 해야 하는 것도 아니고요. 마거릿 애트우드의『시녀 이야기』는 근미래를 배경으로 하지만 새로운 과학 기술이라고는 하나도 등장하지 않습니다. 마이클 크라이튼의『스피어』에는 심해에서 발견된 정체불명의 금빛 구체 말고는 대부분 현실의 과학 기술만 나옵니다.

　SF에는 새로운 과학 기술이 없어도 됩니다. 연금술

이나 초능력이 있어도 좋습니다. 마법이 있어도 좋고요. 영혼이 있어도 좋고 악마나 천사가 돌아다녀도 좋습니다. 태초부터 남자가 임신과 출산을 겪는 세상도 좋고 제3의 성이 존재하거나 성 자체가 유동적이어도 좋습니다. 허구의 기술이 등장하지 않는 대신 완전히 새로운 사회 규범을 도입해도 좋습니다. 현실의 과학 기술 그대로인 세상에 이세계에서 온 마법사의 시체만 떨어뜨려도 좋습니다. SF를 SF답게 만들어 주는 건 허구의 최첨단 과학 기술이 아니라 원칙의 보편성과 일관성이기 때문입니다. SF 세상 속 원칙을 설명하며 가상의 과학 기술들을 주로 예로 들겠지만, 이건 어디까지나 SF에서 가장 흔하게 볼 수 있는 사례이기도 하고 제가 거기에 더 친숙하기 때문입니다. 필요나 취향에 따라 과학 기술을 연금술이나 초능력, 마법, 새로운 사회 규범 등으로 바꿔도 좋습니다.

　SF에 등장하는 과학 기술 중 상당수는 아직 존재하지 않거나 발견되지 않은 것들입니다. 타임머신이나 초광속 우주선, 워프, 텔레파시, 텔레포트, 인간과 구분이 불가능한 로봇, 의식과 감정을 가진 인공지능, 완벽한 복제인간, 외계인 같은 것들이 그렇죠. 이런 것들은 이미 많은 SF에서 활용되었기 때문에 그리 색다른 소재는 아닙니다. 하지만 미지의 영역인 만큼 변주하기에 따라서 여전히 신선한 소재가 될 수 있지요. 이 외에도 허구의 과학 기술은 얼마든지 만들어 낼 수 있습니다.

하지만 SF의 세계에서 허구의 과학 기술을 이용해 이야기를 풀어 나갈 때는 몇 가지 질문을 던져 볼 필요가 있습니다.

이게 가능한데 저건 왜 안 해?

지구의 환경이 너무 나빠져서 다른 행성으로 이주하는 이야기는 SF에서 흔히 찾아볼 수 있습니다. 예를 들어 『인터스텔라』와 『승리호』 모두 지구를 떠나 다른 행성으로 이주하려는 인류의 이야기를 담고 있습니다. 『승리호』에서는 특별한 기술을 이용해 화성을 지구처럼 바꾸려고 합니다. 행성의 환경을 지구와 비슷하게 바꾸는 '테라포밍'은 SF의 단골 소재일 뿐만 아니라 현실에서도 진지하게 연구되고 있는 기술입니다. 다만 실현되더라도 굉장히 오랜 시간이 걸릴 것이라고 예상하고 있지요. 짧아도 수백 년이고 수천 년 정도는 걸릴 거라고들 합니다. 많은 SF 작품에서는 순조로운 진행을 위해 이 과정을 수년에서 수십 년 정도로 단축하는데요, 이건

SF적 허용 정도로 보면 될 겁니다.

그런데 화성처럼 산소도 대기도 거의 없는 행성을 지구처럼 바꿀 수 있는 기술이라면 그걸로 지구 환경을 되돌릴 수는 없을까요? 당장 지구 대기 성분의 0.1퍼센트도 안 되는 이산화탄소 때문에 우리는 지금 겪어 본 적 없는 기후 위기를 맞이하는 판인데, 화성은 대기의 96퍼센트가 이산화탄소거든요. 게다가 극지방에는 얼어붙은 이산화탄소인 드라이아이스가 가득하고요. 화성에는 우주에서 쏟아지는 방사선을 막아 줄 자기장도 자외선을 막아 줄 오존층도 없고, 물은 대부분 지하에 갇혀 있으며, 땅에는 질소를 붙잡아 줄 미생물도 없지요. 이런 화성을 테라포밍했다는 건 이 모든 걸 극복했다는 뜻이고, 행성의 대기를 포함해 다양한 환경을 통제하는 기술이 완성되었다는 겁니다. 미래에 화성 테라포밍이 가능하다면, 지구의 환경 위기는 일찌감치 해결되었을 가능성이 높겠죠. 그나마 화성은 지구와 비슷한 환경을 가졌다고 평가되잖아요. 만약 금성을 테라포밍한다고 하면 훨씬 더 많은 기술이 투입되어야 할 거예요. 그래서 지구의 환경 악화 때문에 다른 행성을 테라포밍해 이주한다는 이야기를 풀어 나가려면 테라포밍이 가능한데 왜 지구를 먼저 복원하지 않느냐는 질문에 대답할 필요가 있습니다.

　『인터스텔라』에서는 처음부터 인간이 우주복 없이도 살아갈 수 있는 다른 행성을 찾아갑니다. 애초에 테라포밍을 시도하지 않는 거죠. 아마 불가능하다고 판단해서 그랬을 거예요. 그게 가능했다면 지구 환경도 이미 되돌리고도 남았을 테니까요. 반면 『승리호』에서 화성 테라포밍의 진짜 목적은 우생학적 기준으로 선별된 '우월한 인류'만으로 새로운 세상을 만드는 것이었습니다. 애초에 지구를 복원할 생각이 없었던 거죠.

　　즉 작품 속에 어떤 특별한 기술이나 도구가 등장한다면, 그 기술이나 도구가 작가가 활용하고자 하는 것과 다르게 사용될 가능성도 생각해 봐야 합니다. 그렇게 해서 처음 계획보다 더 흥미로운 활용법이 나온다면 그걸 다시 차용할 수도 있겠죠. 반대로 이야기 진행에 방해가 된다면 그렇게 사용하지 않도록 제약을 걸거나 그렇게 사용하지 않을 이유를 만들어 줘야 합니다. 어떤 제약이나 이유를 둘지는 상상하기 나름입니다. 애초에 존재하지 않는 기술과 도구니까요. 다만 독자가 충분히 납득할 수 있을 만큼 그럴싸해 보이면 좋겠죠.

　　비슷한 상황에서 "이게 가능한데 저건 왜 안 해?"라는 질문에 서로 다른 대답을 내놓은 사례를 봅시다. 『스타워즈』의 세상에는 초광속 우주선과 플라스마 총 등 행성과 별을 날려 버릴 수 있는 강력한 무기가 존재합니다. 그런데 은하의 안정과 균형을 지키는 제다이들은 라이트 세이버, 흔히 말하는 광선검을 써요. 미래 병기 같지만 결국은 칼이죠. 이게 말이 될까요? 제다이는 포스로 미래를 감지할 수 있기 때문에 라이트 세이버로 플라스마 총의 공격을 막을 수 있다고 합니다. 근데 그럴거면 그냥 제다이도 플라스마 총을 쓰면 승산이 더 오르잖아요? 제다이들이 라이트 세이버를 쓴다고 살생을 덜하는 것도 아니고, 적 입장에서는 총보다 더 고통스럽기까지 하니 가히 사디즘적인 선택일 수도 있습니다. 그럼에도 『스타워즈』에서는 스톰트루퍼들을 바보로 만들어가면서까지 제다이들에게 라이트 세이버를 쥐여 줍니다. 물론 플라스마 총보다는 라이트 세이버가 훨씬 멋지긴 하지만, 영화판 『스타워즈』에서는 이 비효율적이고 잔혹한 무기에 대한 제다이의 이상한 집착이 잘 설명되지 않아요. 소설이나 설정집에서 이런저런 설정이 덧붙여지기는 했지만 결국은 제다이의 고상함이라는 설득력 떨어지는 이유로 수렴되었던 걸로 기억합니다. 그래서 앞에서 말한 질문의 대답으로서는 그다지 좋은 사례가 아니라고 할 수 있죠.

훌륭한 대답은 『듄』에서 찾을 수 있습니다. 『듄』에서도 초광속 우주선이 돌아다니고 라스건이라고 부르는 레이저 총이 존재하는데도 여전히 칼에 크게 의존합니다. 심지어 라이트 세이버 같은 광선검이 아니라 그냥 단단하고 날카로운 칼이에요. 하지만 『듄』의 세상에는 칼을 결코 포기할 수밖에 없는 그럴듯한 이유가 있습니다. 『듄』에는 일정 속력보다 빠르게 다가오는 물질은 모두 튕겨 내는 '홀츠만 쉴드'라는 보호막 기술이 등장하는데요, 초광속으로 움직이는 우주선이 자그마한 우주 먼지와 충돌해 파괴되는 일을 방지하는 데 주로 사용됩니다. 그리고 이 홀츠만 쉴드를 사람이 사용하면 총탄뿐만 아니라 어떤 종류의 투척 무기든 모두 막아 낼 수 있는 훌륭한 전신 방어복이 됩니다. 다만 그대로 쓰면 공기 분자까지 막아 버릴 뿐만 아니라 음식도 먹지 못하기 때문에 비교적 느린 속도의 물체는 그냥 통과할 수 있도록 설정되어 있습니다. 여기서 약점이 생겨나죠. 이 제한 속도보다 느리게 들어오는 공격, 예를 들어 주먹이나 둔기, 칼은 막을 수 없게 되는 겁니다. 그렇기 때문에 『듄』의 세상에서는 느리고 번거롭지만 최후의 살상력을 제공하는 고전적 냉병기가 총기류만큼이나 중요한 역할을 합니다. 칼을 중요하게 여길 수밖에 없는 이유가 세계관에 잘 녹아들어 있는 거죠.

　　질문을 조금 다르게 바꿔 봅시다. "지금 이게 가능한데, 저때 저게 어떻게 가능해?"로요. 실제로 제가 받았던 지적 하나를 예로 들어 보겠습니다. 「위대한 침묵」은 이미 인류가 태양계 곳곳을 개척한 미래 사회를 배경으로 하는 소설입니다. 작중에서 어떤 인물이 변호사와 만나는 장면이 나오는데, 여기에 대해 어느 독자 분이 "이렇게 발달한 미래인데 아직도 인간 변호사가 있다는 게 이상하다"라는 의견을 주셨습니다. 인공지능이 빠르게 발전하는 시대의 독자에게는 달 궤도에 우주정거장을 짓는 시대의 인간 변호사가 어색해 보일 수 있겠지요. 만약 이 장면을 다시 쓴다면 어떻게 하면 될까요? 그냥 간단하게 인공지능 변호사로 바꿔 버려도 됩니다. 그러나 인간 변호사가 등장할 당위성을 만들어 줄 수도 있습니다. 예를 들어 이 장면에서 등장한 인간 변호사는 인공지능 로펌에 고용되어 잡무를 담당하는 외근 직원에 불과했고, 이 시대에는 이런 직원들을 변호사라고 부르게 되었다고 하는 거죠. 아니면 저가 저품질 인공지능 변호사의 과잉 공급으로 유능한 인간 변호사의 몸값이 오히려 크게 올랐다거나, 인공지능이 변호사의 자리를 완전히 빼앗지는 못했으며 인공지능을 잘 활용하는 것이 변호사의 중요한 능력 가운데 하나가 되었다고 할 수도 있습니다.

다른 예로는 시청각 자료 속 인물의 얼굴이나 목소리를 사실적으로 조작하는 딥페이크가 있습니다. 이미 딥페이크의 시대를 살고 있는 우리는 가까운 미래에 영상과 사진의 신뢰도가 현저히 떨어지리라는 걸 알죠. 그러니 가까운 미래에 CCTV 영상을 확인하는 장면을 넣고 싶다면 딥페이크 여부를 확인하는 장면도 살짝 넣어 주거나 블록체인이든 뭐든 이용해 딥페이크 방지 기술이 보급되었다고 한 줄 정도 넣어 주는 것도 좋겠지요.

"이게 가능한데 저건 왜 안 해?"는 생각보다 많은 SF 작품에서 놓치는 질문입니다. 사실 완벽하게 준비하기가 어렵죠. 어지간히 중요한 부분이 아니고서는 대충 넘어가는 경우가 많은데, 특히 분량이 제한된 단편에서 더욱 그렇습니다. 반대로 장편일수록 이런 부분을 더 꼼꼼하게 챙겨야 한다고 할 수도 있지만, 장편이라도 어느 지점에서는 타협을 할 수밖에 없습니다. 그렇다고 해도 이야기를 만들어 내는 과정에서 "이게 가능한데 저건 왜 안 해?"라는 질문을 틈틈이 던지고 대답을 고민해 본다면 한층 더 일관성 있고 체계적인 SF 세계를 그릴 수 있을 겁니다.

SF 속 세상의 원칙

이번엔 과학 기술이 없는 세상에 대해 생각해 봅시다. 이런 경우는 작품 속 세상에만 존재하는 아주 특별한 원칙이나 현상이 있는 경우가 많아요. 테드 창의 단편소설 「바빌론의 탑」에서는 해와 달과 별이 하늘 천장 아래에 있습니다. 같은 작가의 「상인과 연금술사의 문」에는 과거로 통하는 문이 등장하죠. 이런 세상이 어떻게 가능한지에 대해서는 아무런 설명도 하지 않습니다. 탑을 쌓고 올라가면 해와 달과 별을 지나 하늘 위 단단한 천장에 닿는 세상이 어떻게 존재할 수 있는 건지, 어떻게 바그다드의 늙은 상인이 시간여행의 문을 가지고 있는지 독자는 알 수 없어요. 그래서 언뜻 '이걸 SF라고 할 수 있을까'라는 생각이 들기도 합니다. 하지만 SF에 등장하는 허구의 과학 기술도 그럴듯하게 꾸며진 용어와 논리를 몇 꺼풀 벗겨 내고 나면 대부분 연금술사의 문과 그리 다르지 않은 허무맹랑한 알맹이만 남습니다.

과학 기술 없는 SF가 가능한 이유는 SF에서는 이야기 속 세상을 특별하게 만들어 주는 일관적이고 보편적인 원칙이 중요하기 때문입니다. 과학 기술이 아니라요. 이 말은 현실에 존재하지 않거나 예상을 벗어나는 원칙이 있되, 그 원칙이 변덕스럽게 누구에겐 작동하고 다른 누구에겐 작동하지 않아서는 안 된다는 의미입니다. 「바빌론의 탑」에 등장하는 세상은 시종일관 독자의 예상을 벗어나는 모습을 보여 주지만, 이야기가 끝나고 나면 독특한 원칙에 지배되는 하나의 완결된 세상을 그리고 있다는 걸 알게 됩니다. 어처구니없는 세상처럼 보이지만 이야기 속 어디에도 변칙은 없어요. 「상인과 연금술사의 문」에서도 상인이 말한 문의 원칙이 누가 언제 어디서 사용하든 끝까지 지켜집니다. 아주 낯선 원칙이 존재하는 세상이지만 그 원칙이 작동하는 방식은 여전히 과학적이기 때문에 SF의 세상이 될 수 있는 거죠. 여기서 '과학적이다'라고 하는 건 학문과 기술로서의 과학이 아니라 '과학적 사고방식'을 말합니다. 보편적이고 일관적인 원칙에 기반해 체계적이고 논리적으로 현상의 원리를 이해하고 가설을 세우며 검증하는 거죠.

그럼 이런 원칙과 과학적 사고방식이 판타지의 문법과는 어떻게 다를까요? 앞에서도 비슷한 이야기를 했으니 어느 정도 짐작하실 겁니다. 만약 간달프의 지팡이가 작동하는 방식을 알아내 자동화 무기를 만들거나 그런 시도를 할 수 있다면, 킹스크로스역의 9와 4분의 3 승강장을 통해 평행우주를 연구할 수 있다면, 『반지의 제왕』과 『해리 포터』는 SF라고 불러도 별 문제가 없을 겁니다. 두 작품 속 마법이 작동하는 방식에는 꼼꼼한 설정이 있기는 하지만 그 원칙들이 자연 현상처럼 언제 어디서나 일관적이고 평등하게 작동하지 않고 과학적 논리를 따르지도 않기 때문에 어디까지나 판타지의 영역에 속해 있습니다. 장르를 살짝 바꿔 보죠. 괴수물에서는 괴수의 존재가 그 세계를 정의하는 원칙 중 하나라고 할 수 있는데요, 심형래의 『디 워』는 이무기를 말 그대로 신화적 존재로 그렸지만, 개러스 애드워즈의 『고질라』는 고질라를 초월적 존재임에도 엄연히 생물학적 기원과 나름의 생태를 가진 존재로 그려 냅니다. 그렇기에 똑같은 거대괴수물이어도 『디 워』는 판타지이고, 『고질라』는 SF라고 할 수 있습니다.

물론 SF에서도 중요한 대상을 의도적으로 신비의 영역에 남겨 두기도 합니다. 영화 『에이리언』 속 외계 생명체 제노모프가 그렇습니다(적어도 20세기에 나온 4부작까지는 그랬죠). 제노모프는 그 기원도 정체도 생태도 목적도 알 수 없는, 우주 화물선이라는 SF의 세상에 갑자기 뚝 떨어진 신화적 존재였습니다. 그럼에도 『에이리언』을 판타지가 아닌 SF로 분류하는 건 이 신화적 존재를 둘러싸고 벌어지는 일들이 여전히 SF의 원칙들을 고수하고 있기 때문이에요. 『고질라』도 비슷합니다. 고질라는 인간이 어쩔 도리가 없는 재앙의 화신과도 같은 존재니까요. 그럼에도 『에이리언』과 『고질라』 속 등장인물들은 제노모프와 고질라가 물리 법칙을 따르는 생명체라는 사실 역시 결코 잊지 않습니다. 그저 그들에 대해 아직 모르는 게 많을 뿐이지요.

잠깐 마블 영화를 살펴봅시다. 『어벤져스: 엔드게임』 후반부에서 어벤져스와 타노스 군단의 치열한 전투가 벌어집니다. 여기서 주목해 보고 싶은 것은 마법사 닥터 스트레인지가 만들어 내는 '엘드리치 게이트'라는 포털입니다. '엔드게임'에서 어벤져스의 패색이 짙어질 때, 닥터 스트레인지가 수많은 공간 이동 포털을 열어 우주 곳곳에 흩어져 있던 아군들을 데려옵니다. 즉 닥터 스트레인지의 포털은 항성 간 공간도 뛰어넘을 수 있는 거죠. 여러 개를 동시에 만들 수도 있고요.

그렇다면 이런 생각도 듭니다. 왜 닥터 스트레인지는 타노스의 발밑에 블랙홀 근처로 떨어지는 포털을 만들지 않았던 걸까요? 그럼 타노스는 그냥 블랙홀에 떨어져 사라져 버릴 텐데. '인피니티 워' 때는 타노스가 공간 이동을 가능하게 해 주는 스페이스 스톤을 갖고 있었으니 이런 방법을 쓸 수 없었겠지만 '엔드게임'의 타노스는 마지막 순간을 제외하고는 스페이스 스톤을 손에 넣지 못했으니 충분히 가능했을 텐데요. 블랙홀까지도 필요 없고, 태양 근처에 떨어뜨리기만 해도 되죠. 그냥 아무것도 없는 텅 빈 우주 공간에 던져 버리는 것도 가능합니다. 타노스는 힘과 내구성이 엄청나게 강하기는 하지만 특별한 초능력이 있는 건 아니니 수억 년 동안 고독 속에서 우주 공간을 떠돌겠지요. 어쩌면 그게 더 고통스러울 수도 있고요.

하지만 '엔드게임'에서 닥터 스트레인지는 이런 방법을 쓰지 않았습니다. 그러면 이야기가 심심해질 테니까요. '인피니티 워'에서 살펴본 1400만 개의 가능성 가운데 이미 실패한 걸로 나왔을지도 모르죠. 꼭 '엔드게임'이 아니더라도 닥터 스트레인지의 포털은 전투 속에서 굉장히 다양하고 유용하게 활용될 수 있음에도 불구하고 대부분 단순하게 이용됩니다. '공간 이동을 가능하게 해 주는 포털'이라는 원칙이 제대로 쓰이지 않는 것처럼 보입니다. 물론 설정집을 뒤져 보면 그럴듯한 이유가 있을 수도 있고 나중에 설명이 추가될 수도 있지만, 이는 작품의 독립성 측면에서 좋은 방법이 아니지요.

SF를 쓴다면 이런 부분에 대해 고민을 해 볼 필요가 있습니다. 닥터 스트레인지의 포털이 허구의 기술이라 하더라도 SF의 우주에 존재한다면 충분한 조건을 갖춘 상황에선 보편적·일관적으로 작동해야 합니다. 편의주의적으로 이때는 되고 저 때는 안 된다고 하면 안 되는 거죠. 이야기의 진행을 위해 어쩔 수 없이 될 때와 안될 때를 만들어야 한다면, 그럴 만한 이유가 작품에 담겨 있어야 합니다. 설정집에 남겨 두는 게 아니라요. 물론 어느 정도 타협을 봐야 하는 부분이 있겠지만 그게 두드러져서는 안 되겠지요. 마블 영화 중 많은 작품들이 SF적 요소를 지녔으면서도 작품 속에 설정된 다양한 원칙을 지나치게 편의주의적으로 활용하고 있기 때문에 영화의 재미와는 별개로 SF로서의 완성도는 떨어지는 편입니다. 바로 뒤에서 필요에 따라 원칙을 깨는 것도 가능하다고 이야기할 테지만, 최근의 마블 영화에서는 이게 좀 과한 편이라고 저는 생각합니다.

원칙 깨트리기

방금 원칙의 보편성과 일관성이 중요하다고 했는데요, 이걸 의도적으로 깨트리는 경우도 있습니다. 문장 몇 개로 최소한의 개연성을 만들어 낼 수 있는 소설보다는 아무래도 표현의 제약이 많은 영상물에서 자주 볼 수 있는 사례지만 법칙 깨기는 언제나 재미있으니 잠깐 언급하고 가지요.

『인터스텔라』에서는 자그만 크기의 우주선으로도 지구보다 중력이 강한 행성을 자유롭게 드나들 수 있는 기술이 나옵니다. 그런데 정작 지구를 벗어날 때는 거대한 다단계 로켓을 타고 요란하게 올라가요. 사실 우주 탐사에 사용되는 연료의 대부분은 로켓이 지구를 벗어날 때 사용됩니다. 자그마한 우주선으로 손쉽게 행성에서 우주로 나갈 수 있는 기술이 있다면 로켓을 쓰는 건 어마어마한 낭비죠. 게다가 『인터스텔라』의 세상에서 우주 탐사는 금기시되며 NASA조차 비밀리에 운영되고 있습니다. 이런 상황에서 몇 킬로미터 떨어진 곳에서도 발사 소리를 들을 수 있는 거대 로켓을 사용하는 건 말이 안 되죠. 그렇다면 왜 로켓을 쓴 걸까요?

보여 주고 싶었기 때문일 겁니다. 영화 속 장면은 아폴로 달 탐사 때 사용된 새턴V라는 다단계 로켓의 실제 발사 영상입니다. 새턴V는 지금까지 인간을 지구에서 가장 먼 곳까지 날려 보내 준 로켓이자 최근까지 인간이 만든 가장 거대한 로켓이었습니다. 인류 역사에 커다란 발자취를 남긴 거대 로켓의 실제 발사 영상이 고화질로 남아 있는데, CG와 특수효과보다 실사 영상을 선호하는 크리스토퍼 놀란 감독이 이걸 그냥 두고 싶진 않았겠지요. 작품 속 중요한 원칙을 의도적으로, 그것도 작품 외적인 창작자의 욕망을 위해 깬 것이라고 할 수 있습니다.

비슷한 경우로 스타워즈 시리즈 가운데 『라스트 제다이』에 나온 초공간 진입 충돌이 있어요. 그동안 스타워즈 세상에서 초공간 진입을 공격으로 쓴 사례가 없으니 원칙을 깬 장면이라고 할 수 있습니다. 이게 가능했다면 데스스타를 파괴할 때 그렇게 애를 먹을 필요가 없었겠죠. 하지만 저는 이 장면을 정말 좋아합니다. 극장에서 보고 어안이 벙벙해졌죠. 정말 멋지고 극적이고 아름다운 장면이었습니다. 소리가 완전히 사라져 버리는 연출도 좋았죠. 이 장면을 위해서라면 구닥다리 원칙 따위 깨 버려도 좋다고 생각했고, 변칙적이라는 걸 알면서도 이 장면을 만들어 낸 창작자들의 용기에 찬사를 보내고 싶었습니다. 물론 이걸 설정 붕괴로 여기며 비난하는 사람들도 많았습니다. 원칙을 깨고 도전한다는 건 언제나 반대에 부딪히기 마련이니까요. 『인터스텔라』 때도 로켓 발사 장면을 지적하며 점수를 깎는 사람들이 있었습니다. 많지는 않았어요. 대개는 그냥 넘어갔죠. 『라스트 제다이』는 그저 세계관의 원칙을 소중하게 여기는 팬들이 많았을 뿐이고요.

물론 이런 의도적인 원칙 깨기는 극히 예외적인 연출이어야 합니다. 지나치게 활용해서는 안 되죠. 앞에서 언급했던 편의주의적 원칙 깨기가 될 수도 있으니까요. 여담으로 전 『라스트 제다이』 속 루크 스카이워커가 최고의 제다이였다고 믿어 의심치 않습니다.

세상과 적당히 타협하기

이제 여러분이 나름 독특하면서도 일관적인 원칙이 존재하는 미래를 배경으로 한 SF 세계 하나를 만든다고 해 봅시다. 세계관을 만들고 구성을 짜 글을 쓰면서 "이게 가능한데 저건 왜 안 해?"를 생각하다 보면 끝이 없을 수도 있어요. 당장 우리 주변 풍경도 5년 전과 많이 다르지 않나요? 원칙의 일관성도 마찬가지입니다. 현실 세계에서 스마트폰 같은 작은 물건, SNS와 같은 형체도 없는 서비스가 세상을 얼마나 바꿔 놓았는지를 생각하면 '물질 무선 전송' 기술이 존재하는 세상이 지금과 얼마나 다를지 상상하기란 쉽지 않지요. 결국 중요하지 않은 부분에서는 적당히 선을 그을 수밖에 없습니다.

이렇게 선을 긋고 적당히 타협하는 게 항상 무언가

를 포기하는 건 아닙니다. 오히려 굳이 다른 가능성을 생각하지 않고 그대로 두는 게 나을 때도 있어요. 영화 『에이리언 2』나 『아바타』를 보면 먼 미래인데도 군인들이 사용하는 총기는 현대의 총기를 조금 개량한 수준입니다. 항성 간 우주선이 존재하는 세상인데도 총은 여전히 구식이죠. 현대의 총기 역시 수십 년 전 것과 크게 다르지 않다는 걸 생각하면 오히려 현실적입니다.

다른 예로는 자동차가 있습니다. 1980년대에 심각한 교통체증 속에서 살아가던 사람들은 2019년이 되면 하늘을 나는 자동차가 등장할 거라고 예상했죠. 영화 『블레이드 러너』처럼요. 하지만 2019년마저 과거가 되어 버린 오늘날, 우리는 여전히 아스팔트 위로 조금도 떠오르지 못한 채 교통 체증에 시달리고 있습니다. 왜 그럴까요? 이건 40년 전과 오늘, 그리고 40년 후의 바지가 모두 비슷할 거라고 확신할 수 있는 것과 비슷합니다. 어떤 물건은 이미 그 기본형이 완성되었기 때문에 오랜 시간이 지나도 큰 변화가 없을 수 있어요. 여기서 '완성'되었다는 건 기술적 완성뿐만이 아니라 시장 경제적 완성도 포함합니다. 자동 급속 세탁 건조 기능이 들어간 고급 바지를 만들 수 있더라도 시장이 선호하지 않으면 굳이 만들지 않는 것처럼요. 하늘 나는 자동차도 마찬가지고요.

그래서 미래 사회를 그릴 때 너무 미래다운 물건과 풍경을 만들려고 할 필요는 없습니다. 어떤 것들은 그냥 그대로 두는 게 더 자연스러울 수도 있으니까요. 그럼 어떤 걸 그대로 뒤야 할까요? 난도를 낮춰 말한다면, 그냥 작가 마음입니다. 난도를 조금 올린다면, 무엇을 남기든 마음대로 하고 작가가 독자를 설득하면 됩니다. 물론 꼭 독자를 설득할 필요는 없습니다. 외계 행성에서 산성 침을 뱉어 대는 난폭한 괴물들과 싸우고 있을 때 1970년대에나 쓰던 권총을 왜 아직도 사용하는 건지 설명할 여유는 없죠.

즉 핵심 설정에 대해 "이게 가능한데 저건 왜 안 해?"를 충분히 대답해 주고 일관적인 원칙을 잘 지킨다면, 나머지는 어지간히 어이없는 게 아니라면 그냥 뒤도 별문제 없습니다. 2040년 달에서 발견된 고대 거북선을 발굴하는 중인 한국인 연구원이 최첨단 저중력 고압 샤워실에서 초록색 때밀이를 쓴다고 해도요.

〔 9 〕
변화는 돌이킬 수 없어야 한다

보편적·일관적 원칙과 함께 SF가 다른 문학이나 장르와 가장 구분되는 점은 두 가지입니다. 첫째, 돌이킬 수 없는 변화. 둘째, 그에 대한 탐구. SF 세계에서 벌어지는 사건과 그 여파는 비가역성이 중요합니다. '돌이킬 수 없어야 한다'는 거죠. 물론 이는 모든 서사의 기본 요소이기는 합니다. 하지만 다른 서사에서는 원래 세상으로 돌아가기 어려워졌다는 정도로 충분하다면, SF에서는 조금 과장해서 말하면 원래 세상으로 **결코 돌아갈 수 없어야** 합니다. 더 과장해서 말하면, 과거의 상태로 돌아가는 게 물리적으로 불가능해야 하는 거죠. 인물의 내면에든 세계라는 외부에든 SF적 사건으로 인한 변화가 완전히 새겨져야 하고, 그 변화에 대한 탐구가 이야기의 핵심 주제와 연결되어야 합니다. 『인터스텔라』에서 초반에 쿠퍼가 지구를 떠난 순간과 후반에 아멜리아를 구하려고 블랙홀에 스스로 뛰어드는 순간, 그리고 『2001: 스페이스 오디세이』에서 보우먼이 모노리스와 접촉하기로 결심한 순간에 주인공의 삶과 세상이 돌이킬 수 없는 변화를 향해 굴러가기 시작하며 작품의 주제가 본격적으로 드러나는 것처럼요. SF는 사고실험이 중요한 이야기입니다. 실험은 입력한 것과 다른 결과가 나와야 의미가 있고, 그 의미에 대한 고찰이 이어져야 하죠. 그렇지 않으면 실험으로서 의미가 없거나 실패한 실험이 됩니다.

돌이킬 수 없는 변화가 반드시 이야기 속에서 일어날 필요는 없습니다. 김초엽의 「우리가 빛의 속도로 갈 수 없다면」에서는 돌이킬 수 없는 변화가 이야기가 시작되기도 전에 일어났어요. 항성 간 이동 수단의 패러다임이 달라지면서 구식 초광속 이동 수단을 더는 사용할 수 없게 되었고, 이것이 어떤 선택과 엮이면서 주인공은 사랑하는 이들과 공간적으로 완전히 단절되어 버립니다. 주인공은 그 변화의 여파를 담담하게 회상하며, 사랑하는 이들이 저 공간 너머에 있더라도 갈 방법이 없다면 그것은 결국 고독과 상실이 아니냐고 말합니다. 그러고는 결코 성공할 수 없는 목적을 향해 나아가는 것으로 소설은 끝납니다. 소통의 절대적 단절이 가지는 무게에 대해 독자들에게 질문하면서요.

'결코 돌이킬 수 없는 변화가 일어나야 한다'는 조건은 마이클 크라이튼의 소설 『쥬라기 공원』과 『잃어버린 세계』, 『스피어』, 『타임라인』 같은 작품이 SF가 아니라는 주장의 근거로 언급되기도 합니다. 마이클 크라이튼의 작품은 이야기가 끝나고 나면 모든 사건이 묻히거나 아무 일도 아니라는 것처럼 흘러가 버릴 때가 많거든요. 『쥬라기 공원』에서는 네이팜탄으로 섬을 완전히 소각해 사건을 은폐하고, 『타임라인』에서는 시간여행 기술이 불러올 여파에 대한 언급도 없이 600년 전 과거에 남은 친구를 회상하는 것으로 끝냅니다. 심지어 『스피어』에서는 주인공들마저 관련 기억을 완전히 지우죠. 그래서인지 마이클 크라이튼 본인도 자기 작품을 SF라고 소개하는 대신 테크노 스릴러라고 불렀고요. 과학 기술을 이용한 스릴러 장르라는 거죠. 반면 마이클 크라이튼 사후에 만들어진 영화 『쥬라기 월드』 시리즈, 특히 『쥬라기 월드: 폴른 킹덤』은 멸종한 생명의 부활이 가져오는 세상의 변화를 이야기의 핵심으로 다루기 때문에 크라이튼의 원작이 가진 SF로서의 아쉬움을 조금 덜어줬습니다. 물론 기준을 엄격하게 적용하면 그렇다는 얘기고, 저는 마이클 크라이튼의 작품들 역시 훌륭한 SF라고 생각합니다.

사건이 불러오는 변화가 반드시 눈에 보일 필요는 없습니다. 호시노 유키노부의 「세스 에이버리의 21일」이라는 작품은 엄청난 속도로 노화하는 행성에 도착한 과학자 세스 에이버리가 주인공입니다. 세스는 낯선 행성에 불시착한 후 구조대를 부르지만, 구조대가 오기도 전에 자신이 먼저 늙어 죽을 것을 압니다. 그래서 한 가지 방편을 떠올립니다. 자기 자신을 복제한 다음, 자신이 가진 모든 경험과 지식을 전수하는 거죠. 세스의 복제인간은 아기로 태어나 이 기묘한 행성의 영향으로 순식간에 자라납니다. 첫 번째 세스는 두 번째 세스가 자신을 엄마라고 부르며 성장하는 걸 보며 죽어요. 그런데 문제는 이 두 번째 세스 역시 가속 노화 때문에 구조대가 올 때까지 살아남을 수 없다는 겁니다. 그래서 두 번째 세스 역시 세 번째 세스를 만들어야 했죠. 두 번째 세스는 자신이 오로지 세 번째 세스를 만들기 위해 태어나 겨우 며칠에 불과한 짧은 삶을 살아야만 한다는 사실에 절망하고 엄마를 부르짖으며 죽음을 맞습니다. 세 번째 세스는 첫 번째 세스가 불시착했을 때와 같은 신체 나이가 된 순간에 구조대를 만나 지옥 같은 행성을 빠져나갑니다. 복제인간인 데다 주인공의 모든 경험과 기억을 학습했기 때문에 주변인들은 아무것도 모릅니다. 마치 자신이 진짜 세스인 것처럼 살아가죠. 겉으로 보기에는 아무런 변화도 없지만 독자는 구조된 세스가 우리가 알던 세스와는 전혀 다른 인물이라는 걸 압니다. 이 작품은 과거에 존재하던 세스 에이버리의 세상을 완전히 새로운 세스 에이버리가 이어받는 장면으로 막을 내리며 정체성에 대해 독자에게 질문합니다.

SF에서 돌이킬 수 없는 사건과 그 여파는 또 다른 주인공이라고도 할 수 있습니다. SF를 쓰면서 세상의 변화와 그에 대한 탐구를 다루지 않으면 주인공 하나를 방치해 두는 것이나 다름없는 거죠. 그러면 소설로서는 완성되었더라도 SF로서는 아쉬움이 남는 작품이 될 수 있습니다.

SF 인물의 특성

SF 세상에서 이야기를 이끌어 가는 인물은 대개 두 부류로 나눌 수 있습니다. 이 세상의 원칙을 잘 아는 사람과 이 세상의 원칙을 알아 가는 사람입니다. 실제로는 대부분 이 둘이 어느 정도 융합된 인물이기 때문에, 완전히 나누기는 어려워요. 하지만 두 부류의 인물이 가지는 특징을 안다면 구축하려는 세상에 잘 어울리는 인물을 창조하는 데 도움이 될 것입니다.

이 세상의 원칙을 잘 아는 사람

『인터스텔라』의 주인공들은 이 세상의 원칙을 잘 아는

사람들입니다. 각자 여러 과학·기술 분야의 원칙을 잘 익혔죠. 그들이 탐험하는 블랙홀 주변 행성계는 그 원칙이 잘 작용하는 곳이라서 낯선 곳임에도 위기를 극복해 나갈 수 있어요. 『쥬라기 공원』과 『잃어버린 세계』의 주인공들도 마찬가지입니다. 고립된 섬에서 공룡에게 쫓기는 상황이 낯설기는 하지만 그들은 대부분 공룡 연구자이거나 야생동물 전문가이거나 이미 전편에서 비슷한 상황을 겪어 본 사람들입니다. 인물들이 숙지한 원칙이 현실적일 필요는 없습니다. 『인터스텔라』와 『쥬라기 공원』이 천체물리학, 유전자 공학, 고생물학 등 실제 현실의 것과 거의 같은 원칙을 가져와 그걸 잘 아는 인물들을 등장시킨다면, 『스타트렉』은 워프 비행이나 텔레포트 같은 가상의 원칙을 가져와 그걸 잘 아는 인물들을 등장시켜 사건을 해결해 나가지요. 앞서 말했듯 원칙이 그 세계에서만큼은 보편적이고 일관적이어야 한다는 점이 중요합니다. 작가의 편의에 따라 원칙이 변한다면 그걸 이해하고 따르는 인물의 판단과 행동도 개연성을 잃게 되니까요. 이 세상의 원칙을 아는 사람이 꼭 연구자나 과학자일 필요도 없습니다. 애드워드 애슈턴의 『미키7』에 나오는 미키 반스는 소모용 복제인간이라는 독특한 조건을 제외하면 평범한 노동자에 불과합니다.

하지만 자기 업무 환경과 현장을 지배하는 원칙을 잘 알고 있고 이를 이용해 여러 가지 위기를 극복하지요.

이 세상의 원칙을 아는 인물을 주인공으로 두면 인물이 문제를 해결해 나가는 과정을 비교적 설득력 있게 풀어 갈 수 있습니다. 우연히 정답을 때려 맞추는 게 아니라 인물의 경험과 지식을 활용해 고비를 넘길 수 있죠. 다만 인물이 무엇을 경험했고 무엇을 알고 있는지를 미리 명시할 필요가 있습니다. 그래서 인물 설정에 조금 더 많은 노력이 듭니다. '얘는 암호학자니까 어려운 암호도 뚝딱 풀어'라는 식이 아니라, 그 인물이 어떤 경험과 지식을 어떻게 활용하는지를 보여 줘야 해요. 그 경험과 지식이 현실의 것이든 허구의 것이든 상관없습니다. 작가는 인물과 함께 그걸 이용해 문제를 이해하고 풀어 나가야 합니다. 문제에 직면하고 그걸 해결해 나가는 것이 스토리텔링의 기본인 만큼, 이 세상의 원칙에 익숙한 인물을 탄탄하게 만들어 두면, 이야기 전개에 더욱 힘이 실립니다.

이 세상의 원칙을 안다고 해서 인물이 논리적·체계적으로 문제를 해결할 필요는 없어요. 하지만 보는 사람들에겐 그럴듯해 보여야 합니다. 『인디펜던스 데이』를 예로 들어 보지요. 이 영화에서 인류는 외계인 우주선에 컴퓨터 바이러스를 심어 적들의 방어막을 무력화합니다. 컴퓨터를 비롯한 인류의 첨단 기술 대부분이 수십 년 전 지구에 불시착한 외계인 우주선의 기술을 기반으로 개발한 것이어서 공통점이 있었거든요. 1990년대에는 이게 제법 그럴듯하게 보였어요. 하지만 다양한 형태의 컴퓨터를 일상적으로 사용하게 된 우리는 이제 호환성의 무서움을 잘 압니다. 컴퓨터의 기원이 추락한 UFO였다고 한들 인간의 컴퓨터로 만든 바이러스가 우주를 건너온 외계인의 컴퓨터를 무력화한다는 건 어처구니가 없죠. 하지만 앞에서 말한 것처럼 당시 관객들에겐 그럴듯해 보였고, 그걸로 충분했습니다. 지금이라면 독자를 설득하기 위해 좀 더 노력해야겠죠.

이 세상의 원칙을 알아 가는 사람

김초엽의 「스펙트럼」에서 주인공 희진은 새로운 세상의 원칙을 알아 가는 사람입니다. 희진은 우주비행사이자 생물학자로 자기 세상의 원칙은 알지만, 불시착한 행성에서는 그 원칙들이 그다지 도움이 되지 않아요. 대신 희진은 '루이'를 비롯한 외계인들의 낯선 소통 방식을 배우며 새로운 세상을 보는 방법을 익히죠. 테드 창의 「네 인생의 이야기」도 비슷합니다. 주인공은 언어학자지만 외계인 헵타포드를 상대할 때는 기존의 언어학 지식과 문법을 그대로 적용할 수가 없어요. 그래서 주인공은 언어학뿐만 아니라 물리학·수학까지 동원해 헵타포드가 세상을 보는 방식을 조금씩 익힙니다. 결국 펩타포드 세상의 원칙을 이해해 그들의 시선으로 세상을 볼 수 있게 되지요. 그렉 이건의 『쿼런틴』의 주인공인 닉 스타브리아노스는 숨겨진 원칙을 알아 나가는 사람이라고 할 수 있습니다. 사립탐정인 닉은 자기 세상의 원칙에 빠삭하기에, 실종자를 찾아 달라는 의뢰를 처음 받았을 때는 일이 금방 끝나겠거니 예상합니다. 하지만 더 큰 세상을 지배하고 있던 완전히 낯선 원칙을 접하면서 새로운 우주를 깨달아 갑니다. 이들 모두 세상의 원칙을 아는 인물에서 세상의 원칙을 알아 가는 인물이 됩니다.

세상의 원칙을 알아 가는 사람을 주인공으로 두면 독자와 주인공이 비슷한 속도로 적응하기 때문에 작가가 정보를 전달하기에 좋습니다. 그 세상에선 극히 당연한 것이라도 친절하게 설명을 해 줄 이유가 생기니까요. 그렇다고 해설서처럼 무작정 정보를 풀면 안 됩니다. 이런 유형의 주인공에게는 그 원칙을 알아 가는 과정이 중요해요. 쉬운 것부터 떠먹여 주는 게 아니라, 주인공이 독자와 함께 능동적·체계적으로 원칙을 찾도록 해야 하죠. 그러기 위해선 작가가 어떤 정보를 어떻게 보여 줄지 잘 계획해야 하고요. 중요한 정보일수록 극적인 과정을 통해 발견하도록 한다면 읽는 재미가 생깁니다.

　원칙을 깨달으면서 주인공에게 일어나는 변화 역시 중요해요. 새로운 세상의 원칙을 모를 때와 알 때 그 인물에게 아무런 차이도 없다면 그 원칙은 아무런 가치도 없습니다.「스펙트럼」에서 희진은 루이들의 세상을 경험하면서 타자와 관계에 대한 시각을 완전히 바꿨고,「네 인생의 이야기」의 주인공은 헵타포드의 언어를 통해 시간과 운명과 인과관계에 대한 완전히 새로운 인식을 갖게 되고,『쿼런틴』의 닉은 자기 자신만이 아니라 우주까지 완전히 바꿔 놓죠. 물론 이러한 변화가 어떤 결과로 이어질지는 작가의 마음에 달렸습니다.

도구적 인물, 매력적 인물

SF는 인물을 압도하는 큰 소재와 사건이 자주 등장하기 때문에 인물이 도구화되기 쉽습니다.『2001: 스페이스 오디세이』의 주요 인물들은 사람이 맞나 싶을 정도로 다들 논리적이고 이성적이죠. 가끔 드러나는 감정조차 사람인 걸 보여 주기 위한 연출처럼 보일 정도예요. 물론 어느 정도는 의도적인 겁니다. 이 작품의 등장인물들은 모두 행동과 사고가 고도로 훈련된 전문가들이고, 마지막 순간에 가장 인간적인 감정을 드러내는 건 오히려 감정이 없을 거라고 믿었던 인공지능 HAL이니까요.

크리스토퍼 놀란 역시 인물을 자주 도구화합니다. 대표적으로 『인셉션』이 있죠. 여기서는 모든 캐릭터가 꿈속에서 벌어지는 첩보라는 소재와 사건을 다루기 위한 장기 말처럼 움직입니다. 철저하게 계산적이라 어느 정도 예상이 될 정도죠. 그나마 주인공 콥이 가족 상실 트라우마의 극복이라는 인간적인 서브플롯을 지니기는 하지만, 이것 역시 어디까지나 콥이 위험한 임무에 뛰어드는 동기와 인셉션의 위험성을 보여 주려 설정된 것에 가까웠죠. 이후에 나온 『테넷』에서는 인물이 최대치로 도구화되었으나, 그조차도 압도적인 사건 전개와 독특한 소재가 완벽하게 덮어 버린 강렬한 이야기였습니다. 크리스토퍼 놀란이 인물을 인간적으로 다루지 못해 그러는 게 아니라는 건 과거 작품인 『인썸니아』나 『프레스티지』, 나중에 나온 『오펜하이머』만 봐도 알 수 있습니다. SF에서 인물을 도구화하는 것은 단점이 아니라 그저 창작자의 개성이나 취향인 거죠. 다만 그러려면 이를 완전히 잊을 만큼 흥미로운 소재와 사건이 필요하다는 것도 기억해 둡시다.

그렇다고 SF에서 항상 새로운 사건이나 낯선 소재가 등장할 필요는 없습니다. 익숙한 사건과 소재라도 지금까지 본 적 없는 인물을 거기에 떨어뜨려 놓으면 역시 재미있는 이야기가 만들어질 수 있으니까요. 『마션』이 대표적인 사례입니다. 이 작품의 소재와 사건은 그리 특별하지 않아요. 우주나 화성에서 조난당하고 구출되는 이야기는 과거에도 많았죠. 지구 밖이 아니더라도 무인도에서 홀로 조난당하는 이야기도 많고요. 그럼에도 불구하고 『마션』이 매력적인 영화가 될 수 있었던 건 위기와 역경을 낙관주의와 과학에 대한 절대적 신뢰로 재치있게 극복해 나가는 주인공이 매력적이기 때문이었을 겁니다.

IV

SF를 위한 자료 수집

〔 11 〕
자료를 모으는 이유

자기가 쓰려는 이야기에 존재하는 세계와 사물에 대해 완벽하게 안다면 자료를 찾을 필요 없겠지만, 그런 경우가 많지는 않죠. 일단 소재와 아이디어를 탐색하기 위해서라도 자료 수집을 해야 합니다. 핵심 소재와 아이디어 관련 자료를 찾다 보면 이야기를 더욱 풍부하게 만들어 줄 보조적인 소재와 아이디어를 발견할 수 있습니다. 이야기에 근사한 디테일을 덧붙일 수도 있을 테고요. 단순히 2호선을 타고 한강을 건너면서 노을을 봤다고 하기보다는, 스카이라인의 모양이나 2호선 열차 창문 디자인과 색깔, 태양이 한강의 남쪽에서 지는지 북쪽에서 지는지, 안내 방송 내용은 어땠는지 등의 세부사항을 언급한다면 몰입을 더 깊게 끌어낼 수 있겠지요. 자동차를 좋아하는 주인공이라면 그가 애착이 담긴 눈으로 자동차를 자세히 묘사하는 장면을 그릴 수도 있고요.

자료 수집을 게을리하면 오해와 실수가 발생할 수 있습니다. 복제인간 이야기를 하는데 유전자와 염색체, DNA를 함부로 섞어 쓰는 건 곤란하죠. 망원경으로는 북두칠성을 볼 수 없으며 아름다운 색깔의 성운도 볼 수 없습니다. 티라노사우루스는 스피노사우루스와 같은 시대에 살지 않았고, 익룡은 공룡이 아니며, 북극에는 펭귄이 없고 남극에는 북극곰이 없지요. 우주에서 진공에 노출된다고 몸이 터지거나 얼어붙지도 않습니다. 사소해 보이지만, 그럴수록 이런 걸 잘못 쓰면 다른 장르도 아닌 SF를 읽는 독자 입장에서는 김이 빠지거나 기대를 접기 쉽습니다.

SF 하면 과학을 쉽게 떠올리니 과학적 사실들을 예로 들기는 했는데요, 굳이 과학이 아니어도 마찬가지입니다. 서울이 배경인 이야기를 쓰는데 롯데월드가 한강 북쪽에 있다고 쓰거나, 18세기 유럽을 살아가는 인물들이 캔버스 운동화를 신고 있다면 우리가 이 작품을 맨정신으로 읽을 수 있을까요?

물론 모든 걸 정확하게 묘사할 수는 없습니다. 적절

한 선에서 타협을 해야겠죠. 다만 그 선을 어디에 긋느냐가 중요합니다. 선이 너무 낮으면 자칫 독자의 기대를 꺾어 버릴 수 있어요. 그렇다고 선이 너무 높으면 작가가 고통스러워지고요. 자료 조사를 하다 보면 어느 부분에서 어떻게 선을 긋는 게 적당할지 감을 잡을 수 있습니다. 많은 사람들이 이 정도는 아는구나, 관심 있는 사람들이라면 이건 금방 발견하겠구나, 이 부분은 대충 꾸며 내도 괜찮겠구나, 하는 게 파악되지요. 의도적으로 고증이나 상황에 맞지 않는 요소를 집어넣어서 복선을 깔거나 위화감을 조성할 때도 도움이 됩니다. 타임머신으로 15세기 조선에 갔는데 거기서 "당근이지"라고 말하는 사람을 만난다면 그 사람이 2000년 무렵의 미래에서 왔거나 그런 사람과 관계가 있다는 힌트를 줄 수 있겠지요. 또 18세기 프랑스 왕비의 방에 컨버스 운동화를 보란듯이 놓아 두는 것으로 그가 사실은 오늘날의 소녀들과 다르지 않았다는 암시를 줄 수도 있고요.

{ 12 }
자료 수집은 어디서?

가장 손쉬운 방법은 인터넷 검색입니다. 구글이 가장 무난하나 요즘엔 대체 검색엔진도 많으니 취향대로 고르면 됩니다. 국내 검색엔진은 국내자료 위주로 나온다는 것도 감안해서 필요에 따라 다양한 검색엔진으로 찾아보는 것이 좋습니다. 국문 자료가 영 부족하다 싶을 때 영어로 검색해 보면 신세계가 펼쳐지기도 합니다.

위피키디아도 훌륭한 자료입니다. 위키피디아의 좋은 점은 중요한 정보에는 대부분 출처가 표시되어 있다는 점입니다. 그래서 더 엄밀히 조사하고 싶거나 사실 여부를 한 번 더 확인하고 싶다면 그 출처를 따라가면 되죠. 특히 영문 위키피디아는 항목도 많고 자료도 자세히 정리되어 있어 같이 살펴보면 도움이 될 때가 많습니다. 물론 위키피디아도 완전히 신뢰할 수 있는 자료는 아니므로 주의해야 하지만, 출처를 잘 확인한다면 SF 집필을 위한 자료로서는 충분히 유용합니다.

유튜브는 21세기 새로운 정보의 보고지요. 그런데 유튜브 영상은 제작자에 따라 품질, 정확성, 신뢰도의 차이가 매우 큽니다. 과학 영상의 경우, 자료의 출처와 관련 논문 등을 꼼꼼히 체크하며 올리는 제작자가 있는 반면 인터넷 검색이나 위키피디아 정보만으로 뚝딱 만들어서 출처나 검증도 없이 올리는 제작자도 있어요. 유사과학에 대한 필터링도 전무한 수준이라서 지뢰가 좀 많은 편입니다. 지금으로서는 유튜브는 본격적인 자료 수집보다는 시간 날 때 보면서 아이디어를 모으는 정도로만 활용하는 게 적당하다고 생각합니다.

자료 수집에 책을 빠뜨릴 수 없지요. 하나의 테마를 깊게 파고 싶을 때는 관련 과학책을 몇 권 읽어 보는 게 크게 도움이 됩니다. 허구의 세계를 그럴듯하게 꾸미는 데 필요한 세부 아이디어를 얻기에 좋을 뿐만 아니라, 전문가의 고찰이 쌓인 글인 만큼 새로운 영감을 주기도 합니다. 꼼꼼하게 읽지 않아도 되고 다 이해할 필요도 없어요. 책을 몇 권 가져다 놓고 사전처럼 써도 됩니다.

두꺼운 책을 읽는 게 부담스럽다면 과학 잡지도 좋은 선택입니다. 전문성을 지닌 편집자가 검수를 하는 데다 원고를 쓴 사람도 전문가일 때가 많습니다. 한 꼭지 분량이 길지 않으면서도 핵심을 잘 조명하고, 잡지 한 권 안에서도 다양한 소재를 다루지요. 매월 또는 계절마다 나오는 만큼 비교적 최근 소식과 정보를 다룬다는 장점도 있습니다. 새롭고 신선한 소재와 아이디어를 발견하기에 제격이라고 할 수 있지요. 아쉽게도 한국에는 과학 잡지가 그리 많지 않지만, 해외로 눈을 돌려 본다면 폭넓은 분야와 종류의 과학 잡지를 찾을 수 있어요. 번역은 AI에게 맡기시고요. 준전문가 수준의 자료를 원한다면 관련 학회에서 발행하는 학회지나 뉴스레터, 웹진을 확인하는 것도 좋습니다. 이런 것들은 대개 무료이고 해당 분야의 최전선에 있는 과학자들이 직접 이야기를 들려주기 때문에 그 깊이와 신뢰성이 학술지 논문에 크게 뒤지지 않습니다.

단행본이든 잡지든 논문이든, 과학자가 쓴 글을 읽을 때는 아직 밝혀지지 않았다고 말하는 부분에 주목해 봅시다. 거기서만큼은 과학자들도 아직 답을 찾지 못했다는 거고, 그렇다면 SF적인 헛소리를 당당하게 늘어놓을 수 있다는 뜻이 되죠. '과학자들이 무엇을 모르는가'

와 더불어 SF 작가에게 가장 좋은 먹잇감이 되는 건 '과학자들이 어떤 황당한 주장을 하고 있는가'입니다. 여기서 황당하다는 건 과학자들에게는 합리적이지만 평범한 사람들에게는 정신 나간 소리처럼 들리는 것들을 말해요. 흔한 예로 양자역학의 불확정성 원리, 혹은 슈뢰딩거의 고양이가 있겠죠. 그렉 이건의 『쿼런틴』은 미시적 세계에서만 성립하는 이 어처구니없는 과학적 사실을 우주적 규모로 이끌어 내 완성한 걸작 SF입니다.

　누구나 겨울에 손난로를 한 번씩은 써 보셨을 텐데요, 시큼한 냄새가 나는 투명한 액체 속에 얇은 금속 단추가 있는 손난로를 아실 겁니다. 이 액체는 아세트산나트륨 수용액입니다. 평범한 물처럼 보이지만 사실 상온에서는 고체로 존재해야 하는 물질입니다. 내부에 에너지를 숨기고 있는 과냉각이라는 특수한 현상 덕분에 얼어붙지 않고 액체 상태를 불안하게 유지하고 있어요. 이 상태에서 금속 단추를 똑딱여 충격을 주면 균형이 깨지면서 숨겨 두었던 에너지를 뜨거운 열로 뿜어내며 빠르게 굳죠. 그런데 우리 우주가 이 과냉각된 손난로와 비슷한 상태일지도 모른다는 조금 황당한 주장이 있습니다. 우주의 진공이 사실 가짜 진공이고 내부에 에너지를 감추고 있다는 거죠. 이게 사실이라면, 금속 단추를 똑딱이는 것처럼 우주 어디선가 큰 충격이 발생하는 순간 우리가 사는 가짜 진공의 우주는 빛의 속도로 타오르며 사라져 버릴 겁니다. 커다란 액체 손난로 속에 작고 연약한 열대어 구피가 살고 있다고 생각해 보세요. 구피가 유유히 헤엄치고 있는데 구석에서 금속 단추가 똑딱였습니다. 구피는 이제 모든 걸 포기하거나, 이 손난로가 무한히 넓기를 바라며 뜨거운 얼음이 다가오는 것보다 빠르게 도망치는 수밖에 없습니다. 「텅 빈 거품」이 바로 이런 이야기고요. 이렇듯 황당하지만 과학적 사실에 근거한 주장을 발굴해 상상을 덧붙여 보는 것은 자료 조사의 큰 재미·중 하나입니다. 태양계 어딘가에 자몽 크기의 블랙홀이 있을 수 있다거나, 나방 유충을 동족 포식하는 좀비로 만드는 토마토가 있다는 이야기는 듣기만 해도 짜릿한 상상력을 자극하지 않나요?

자료를 수집하거나 활용할 때 반드시 조심해야 할 부분이 있습니다. 유사과학이나 유사역사학입니다. 물이 사람 말을 알아듣는다거나, 신기한 힘을 가진 돌이라거나, 간절히 바라면 우주가 도와준다거나, 피라미드는 외계인이 만든 초고대문명의 작품이라거나 하는 것들 말입니다. SF의 과학은 작품 속에서는 핍진성을 지닌 진짜지만 본질적으로는 가짜 과학이에요. 하지만 유사과학은 현실에서도 진짜인 척을 하기 때문에 굉장히 위험합니다. 물론 유사과학을 참고하거나 소재로 활용하는 것 자체는 큰 문제가 아닙니다. 다만 작가는 그것이 유사과학이라는 것을 분명히 인지하고 있어야 하고, 독자가 그것이 진짜라고 착각하지 않도록 신경을 써야 합니다. 예를 들어 김초엽의 「감정의 물성」에는 손으로 만지고 있으면 특정 감정을 느끼게 해 주는 파워스톤 같은 물건이 등장합니다. 하지만 이 작품은 이 물건을 과학적으로 재해석하며, 인간이 감정을 느끼고 선택하는 행위에 대한 질문을 던지는 도구로만 활용합니다. 유사과학을 받아들인다는 인상을 주지 않고, 거기에 그럴듯한 원리가 있는 것처럼 꾸미지도 않지요. 리들리 스콧은 『프로메테우스』에서 유사역사학 끝판왕인 초고대문명과 인류외계인창조설을 적극적으로 가져왔지만, 영화밖에서 이게 사실이라고 주장하지는 않았어요. 하지만 『다빈치 코드』를 쓴 댄 브라운이 소설 속 주장이 사실이라고 말하고 다니며 역사학자들을 얼마나 끔찍한 악몽으로 밀어 넣었는지 생각해 보세요.

자료를 모으며 이야기 만들기

가끔은 최소한의 아이디어만 가지고 자료 조사를 시작
해 보는 것도 재미있습니다. 쓰고 싶은 장면이나 상황은
있는데 어떻게 담아내야 할지 모를 때에도 일단 관련된
자료를 뒤적여 보면서 장면과 상황을 뒷받침할 설정을
구축하고 이야기의 뼈대를 구성할 수 있죠.

    주인공이 자신에게 해를 가하려는 적대자와 함께
좁고 밀폐된 공간에 갇히는 상황을 떠올렸다고 해 봅시
다. 외부로 도망칠 수 없는 좁고 밀폐된 공간의 예로는
무엇이 있을까요? 여러 가지가 있겠지만 조금 색다른
느낌을 주기 위해 여기서는 잠수정이라고 해보지요. 잠
수정에 대한 자료를 찾다 보면 '락아웃 잠수정'이라는

것을 발견할 수 있습니다. 수중에서 자유롭게 출입하도록 만들어진 작은 잠수정인데, 주로 바닷속이나 해저에서 잠수 공사를 할 때 사용된다고 하네요. 락아웃 잠수정에서 사람이 있을 수 있는 공간은 크게 잠수부 구역과 조종 구역으로 나뉩니다. 잠수부 구역의 기압은 잠수부가 잠수할 지점의 수압과 같은 수준으로 유지됩니다. 그래야 잠수용 출입구를 열었을 때 물이 쏟아져 들어오지 않을 테고, 잠수부도 수압에 미리 적응을 할 수 있을 테니까요. 반면 조종사가 있는 조종 구역은 해수면의 기압과 비슷하거나 조금 높은 수준으로 유지됩니다. 락아웃 잠수정은 대부분 2~4인용 정도라 두 구역 모두 한두 사람이 겨우 들어갈 정도로 매우 좁습니다. 그리고 양쪽은 두꺼운 밀폐 문으로 구분되고요. 주인공과 적대자를 한 명씩 두기에 딱 좋네요. 가깝지만 서로 접촉할 수 없다면 긴장감을 더 오래 만들어 낼 수 있을 것 같습니다. 그렇다면 적대자가 적어도 당분간은 두 구역 사이에 있는 밀폐 문을 열 수 없어야겠죠. 단순히 주인공이 문을 잠갔다고 해도 됩니다. 잠수정의 밀폐 문에 수동 잠금 장치가 있는지는 모르겠지만 이 이야기 속 잠수정에는 있다고 하면 되지요. 여기에 긴장감을 더 높일 수 없을지 조금만 더 고민해 봅시다.

만약 두 구역의 기압 차이가 클 때 밀폐 문을 강제로 열어 버리면 어떻게 될까요? 조사해 보니 기압이 높은 잠수부 구역에 있는 사람의 몸속 체액이 끓어오르면서 체내에 심각한 손상을 입힐 수 있다고 합니다. 치명적인 잠수병이지요. 그렇다면 이제 적대자가 있어야 할 곳은 정해졌습니다. 잠수부 구역입니다. 주인공은 조종 구역에 있어야 하고요. 적대자가 주인공에게 해를 가하려고 조종 구역으로 들어가려 하자 주인공은 잠수정을 더 깊이 잠수시키며 잠수부 구역의 기압을 높입니다. 이제 강제로 밀폐 문을 열면 적대자는 멀쩡할 수 없습니다. 물론 저기압 구역에 있던 주인공 역시 갑작스럽게 고기압에 노출되는 것이지만, 고기압에서 저기압으로 급격히 변화하는 것이 훨씬 더 위험하다고 하네요. 이 정도면 단순히 밀폐 문을 잠그는 것보다 조금 더 긴장감 있는 상황이 만들어질 겁니다.

락아웃 잠수정에 대해 알게 된 사실 몇 가지를 더 활용해 봅시다. 주인공은 어쩌다 적대자와 함께 이 작은 잠수정에 타게 된 걸까요? 앞에서 말한 것처럼 락아웃 잠수정은 수중에서 자유롭게 잠수하기 위해 만들어졌기 때문에 수중 침투가 가능합니다. 그러니 여기서는 작업 중에 적대자가 침투해 왔다고 해 봅시다. 수중에서 잠수정에 올라탔다면 적대자는 당연히 잠수부 구역에 있을 수밖에 없겠지요. 또 락아웃 잠수정의 탑승 인원은 조종사와 잠수부 등 최소 2인입니다. 그렇다면 원래 주인공과 함께 탑승하고 있던 잠수부는 어디 갔을까요? 아마 작업하러 나갔을 겁니다. 바닷속에서 잠수정에 침투하는 수준의 행동력을 갖춘 적대자라면 이 잠수부를 먼저 해쳤을 가능성이 높지만, 그래도 사람 목숨이니 잠수부의 운명은 잠시 서랍에 넣어 둡시다. 나중에 쓸모가 있을지도 모르니까요.

이제 대충 사건이 구성된 것 같습니다. 주인공은 잠수가 특기인 친구와 함께 수중 공사 하청을 받으며 살아가는 잠수정 조종사입니다. 어느 날 하청받은 일을 처리하기 위해 잠수부 친구와 락아웃 잠수정을 타고 수중 케이블이 있는 깊이까지 내려갑니다. 잠수부 구역의 기압이 수압에 맞춰 올라간 것을 확인한 잠수부는 잠수용 출입구 해치를 열고 물속으로 들어갑니다. 주인공은 조종 구역에서 잠수부와 무선을 주고받으며 작업이 끝나기를 기다립니다. 잠시 뒤, 잠수부가 작업을 끝냈으니 돌아가겠다고 했는데 시간이 지나도 나타나질 않네요. 주인공은 무슨 일인가 싶어 밀폐문의 두꺼운 유리창 너머로 잠수부 구역을 확인해 봅니다. 그때 잠수용 출입구에서 검은 그림자가 솟아오릅니다. 그런데 다른 사람입니다. 낯선 침입자는 오른손에 잠수부 친구의 물건이 분명한 스쿠버 나이프를 들고 있네요. 침입자가 강제로 밀폐문을 열려고 하자 주인공은 반대편에서 손잡이를 붙들며 막습니다. 두 공간에 기압차가 있지만 치명적인 수준은 아니라는 걸 떠올린 주인공은 서둘러 잠수부 구역의 기압을 올리며 잠수정을 더 깊이 내립니다. 이제 밀폐문을 열면 침입자가 중상을 입을 수 있기 때문에, 침입자는 당장은 주인공을 해칠 수 없습니다. 침입자는 주인공의 이런 대응을 미처 예상하지 못했다는 듯 의미심장한 미소를 지으며 주인공을 바라봅니다. 일단 안전해지기는 했지만 잠시뿐입니다. 주인공은 침입자의 정체도 목적도 모르는 상태로 어두운 바닷속 승용차 크기의 밀폐된 공간에 갇혔습니다. 이제 밀폐문의 유리창 혹은 무전기 너머로 침입자와 대화를 하며 주인공은 그곳에서 살아 나갈 방법을 찾아야 합니다.

처음엔 그저 잠수정에 갇힌 두 사람이라는 상황 밖에 없었지만 잠수정에 대해 간단히 조사를 해 보는 것만으로도 대략적인 상황과 분위기, 초반의 전개 등 제법 많은 부분이 결정되었습니다. 후반부의 상황 반전을 위한 비장의 카드 '사라진 잠수부 친구'도 준비되었고요.

그런데 이 이야기는 SF라기에는 조금 애매한 부분이 있습니다. 작가의 의도대로 만들어진 허구의 과학이 없으니까요. 지금 상태로는 SF라기보다는 잠수정을 배경으로 한 스릴러에 가깝습니다. 그렇다면 이제 이 이야기를 SF로 만들 방법을 생각해 보죠.

SF로 탈바꿈하기: 『비너스 락아웃』

가장 쉬운 방법은 SF스러운 배경으로 옮기는 겁니다. 조금 안일한 선택이기는 하지만 우주로 옮겨 보죠. 우주는 진공 혹은 저압의 세상입니다. 우주선이나 우주복 내부는 대기압과 비슷하거나 그보다 낮은 기압으로 유지되거든요. 반면 방금 만든 이야기는 어마어마한 압력이 짓누르는 고압의 세상이고요. 우주에도 이와 비슷한 고압의 세상이 있기는 합니다. 검색해 보니 금성과 목성이 가장 먼저 나오네요. 너무 멀리 나가지 말고 가까운 금성으로 합시다.

금성은 지표면의 대기압이 지구보다 90배 정도 높습니다. 수심 1킬로미터 바다의 수압과 비슷하니 앞에서 만든 잠수정을 금성 탐사정으로 바꿔도 크게 문제가 없을 것 같네요. 큰 차이가 있다면 차가운 바다와는 달리 금성 표면은 거의 섭씨 500도에 이를 만큼 뜨겁다는 건데요, 온도가 중요한 이야기는 아니었으니 크게 신경 쓰지 않아도 될 것 같습니다. 흥미로운 부분은 금성에서 약 60킬로미터 고도까지 올라가면 온도와 기압이 지구와 비슷해진다는 사실입니다. 그럼 여기에 베이스캠프를 만들면 되겠네요. 고도 60킬로미터에 떠 있는 거대한 기구氣球 형태의 베이스캠프가 금성 탐사대원들의 물자 보급소이자 휴게소 역할을 한다고 합시다. 여기서는 금성 궤도에 있는 정거장과도 연락을 취할 수 있습니다. 위기에 빠진 주인공의 최종 목적은 어떻게든 베이스캠프에 무사히 도착해 구조 요청을 하는 거고요.

주인공이 처한 전반적인 상황은 거의 그대로지만 이제 제법 'SF스러운' 이야기가 되었습니다. 그런데 침입자는 왜 주인공을 해치려고 하는 걸까요? 주인공에게 어떤 원한이 있다고 해도 되지만 그건 좀 심심하니 그럴듯한 음모를 꾸며 봅시다. 이번에도 자료를 조사해 보지요. 금성이 아주 오래전에는 지구와 비슷했다는 가설이 있습니다. 지금은 지옥이지만 한때는 낙원이었던 세상. 조금 신화적이네요. 신화적 설정을 도입해 봅시다. 금성이 사실은 성경 속 에덴동산이었다면 어떨까요? 금성이 낙원 행성이었던 시절, 그곳에서 최초의 인간이 탄생하고 번성했다가 어떤 이유에선지 심판을 받아 지옥이 되어 버린 겁니다. 기독교 종말론에서는 마지막 심판이 불로 이루어진다고 하니, 뜨거운 금성의 모습과 잘 어울리네요. 즉 기독교 성경에 언급된 사건들은 모두 금성에서 일어난 일이고, 지금까지 예언서라고 알려져 있던 요한계시록 역시 사실은 금성에서 일어난 일을 기록한 내용이었던 겁니다.

그렇다면 지금 지구에 사는 우리는 뭘까요? 성경에서 일부 인간은 신의 선택을 받아 천국에 가는 걸로 묘사되어 있지요. 그러니까 지구에 있는 우리 인간은 신의 선택을 받아 금성의 지옥불에서 탈출해 새로운 낙원인 지구로 이주해 온 이들의 후손인 겁니다. 이 사실은 아주 오랫동안 비밀 결사대에 의해 숨겨져 왔습니다. 지구에서는 아무 증거도 찾을 수가 없어서 사실 확인이 불가능했고요. 그런데 금성 표면을 탐사하던 중에 성경 속 사건을 증명하는 어떤 유적이 발견된 겁니다. 주인공은 모르고 있었지만 그의 진짜 임무는 그 유적을 발굴하는 것이었고요. 그리고 침입자는 탐사대에 몰래 숨어들어 있던 비밀 결사대의 일원이었던 겁니다. 침입자의 목적은 탐사정을 빼앗아 의도적으로 사고를 일으켜서 유적 탐사를 지연시키는 거고요.

몇 년 전에 금성의 약 60킬로미터 고도 대기에서 생명체의 흔적일지도 모르는 물질을 발견했다는 주장이 나오면서 큰 논란이 일었습니다. 기왕 배경을 금성으로 옮겼고 베이스캠프도 마침 그 높이에 있으니, 이 이야기도 활용하면 좋겠죠. 베이스캠프에서 금성 대기 미생물을 발견하고 조사해 보니 인류와 같은 기원을 가졌으면서도 더 오래되었다는 사실이 드러납니다. 비밀 결사대가 감춰 왔던 진실이 과학적으로 서서히 밝혀지기 시작하는 거죠. 이렇게 되면 주인공의 희망이었던 베이스캠프조차 비밀 결사대의 타깃이 될 수도 있습니다. 이야기는 더 복잡해지겠네요. 심플하게 밀폐된 탐사정의 공간만을 다룰지, 서브플롯으로 베이스캠프까지 담아내며 더욱 입체적인 이야기로 만들지는 작가의 선택입니다.

자, 이렇게 자료 조사를 반복하는 걸로, 비유하자면 위키피디아의 하이퍼링크를 누르고 또 누르는 과정을 통해 대략적인 설정과 방향이 만들어졌습니다. 이제 뒤에서 이야기할 블록 구조를 만들어 사건을 배치하고 어울리는 인물을 그 상황에 떨어뜨려 놓은 다음 짧은 시놉시스를 쓰면 금성을 배경으로 한 폐쇄 공간 SF 『비너스 락아웃』의 기획 초안이 완성됩니다. 여기에 필요나 취향에 따라 적당한 주제를 부여해도 되고 새로운 인물 관계를 추가해도 되겠죠.

물론 지금 상태로는 그리 좋은 기획안이 아닙니다. 많은 부분이 다소 식상하고 뻔하니까요. 비밀 결사대는 살짝 유치해 보이고 기독교 신화 인용은 따분할 정도죠. 이 이야기가 보여 주고자 하는 핵심적인 '변화'도 아직은 눈에 띄지 않습니다. 하지만 작가의 머릿속에서 처음 떠오르는 이야기란 대부분 그렇습니다. 여기서부터 조금씩 작가 자신만의 색깔을 추가하면 됩니다. 부족한 부분을 채우고 보여 주고 싶은 부분을 더 강조하면서요.

무엇보다 중요한 건 쓰고 싶은 이야기가 하나 생겼고 이제 제법 구체적인 토대를 갖췄다는 겁니다. 이것만으로도 이야기 창작에서 중요한 진전을 이룬 셈입니다.

V

이야기 구축하기

이야기의 구성

어떤 원칙이 존재하는 어떤 세상에서 누구에 대한 어떤 이야기를 할지 대충 정했다면, 본격적으로 이야기를 구성해야 할 때입니다. 모든 이야기의 핵심은 **변화**입니다. 시작할 때와 끝날 때의 상태가 완전히 달라야 하죠. 장편에서는 상태의 변화가 비교적 긴 주기로 서서히 여러 번 나타난다면, 단편에서는 주로 짧고 강력하게 한두 번 정도 나타납니다. 이야기를 구성한다는 건 이러한 변화를 어떤 방법으로 보여 줄지를 결정하는 일입니다.

변화하는 것은 주인공의 욕망이나 가치관일 수도, 주인공이 처한 상황이나 세상일 수도 있습니다. 사실 변화는 SF만이 아니라 모든 서사의 기본입니다. 마리오

푸조의 소설 혹은 프랜시스 포드 코폴라의 영화 『대부』에서 주인공 마이클 콜레오네는 마피아라는 가족 사업을 싫어했지만 마지막 장면에서는 아주 훌륭하게 가업을 이어받아 마피아 두목이 되죠. 가치관이 완전히 변해 버린 겁니다.

그렇다면 가장 먼저 할 일은 시작과 끝의 상태를 어느 정도 정해 두는 겁니다. 결말을 미리 정한다는 뜻이 아니라, 시작과 끝이 어떻게 다른지를 생각해 두자는 것이죠. 중요한 것은 '변화' 자체니까요. 이러한 변화가 주인공이 바라던 것과 달라도 좋습니다. 오히려 다른 편이 더 재미있을 때가 많죠.

시작과 끝을 그렸다면, 이제 이야기를 몇 개의 블록으로 나눕니다. 기승전결로 간단하게 4개로만 나눠도 좋고, 발단–전개–위기–절정–결말처럼 5개도 좋습니다. 3막 8장도 좋고, 블레이크 스나이더가 제시한 시나리오 규칙 '세이브 더 캣'Save the Cat처럼 더 많은 블록을 쓰는 구성도 좋아요. 이건 어디까지나 취향과 선택의 영역입니다. 물론 짧은 단편에는 너무 세분화된 구조를 쓰지 않는 게 좋습니다. 200자 원고지 100매 정도라면 4~5개, 200매 이내라면 5~8개 정도의 블록이 적당합니다. 장편이라면 몇 개라도 상관은 없겠지만 그만큼 호

흡을 조절하는 게 어려우니 3막 8장이나 세이브 더 캣처럼 어느 정도 정형화된 구조에서 시작하는 게 좋을 수도 있습니다.

여기서는 간단하게 기승전결을 예로 들겠습니다.

여기 이야기 전체를 나타내는 막대가 있습니다. 이 막대의 양 끝에 이야기의 시작과 끝이 어떤 상태인지 혹은 어떻게 다른 상태인지를 써 둡시다. 최대한 돌이킬 수 없는 변화가 있어야 한다는 걸 기억해 주세요.

이제 이 막대를 기-승-전-결 4개의 블록으로 나눕니다. 이번엔 각 블록의 시작과 끝에 같은 일을 해 줍니다. 각 블록이 시작할 때의 상태와 끝날 때의 상태, 즉 다음 블록이 시작할 때의 상태가 어떻게 다른지를 정하는 작업이죠. 돌이키기 어려운 변화일수록 좋습니다. 이미

정한 이야기의 마지막 상태인 B로 나아갈 수 있도록 변화의 방향을 잡아야 한다는 걸 잊지 마시고요. 그렇다고 A에서 B까지 일직선으로 갈 필요는 없습니다. 필요하다면 전혀 다른 방향으로 나아갔다가 다시 B를 향해 가는 것도 가능해요. 그러면 더욱 입체적인 이야기가 되겠죠.

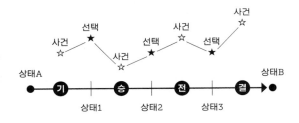

그다음 단계는 준비해 둔 상태를 연결해 줄 사건과 선택을 배치하는 겁니다. 주인공이 어떤 사건을 겪고 어떤 선택을 하면 이 상태에서 저 상태로 넘어갈 수 있을까를 생각하는 거죠. 『대부』에서 처음엔 똑똑하고 자상한 젊은 청년이었던 마이클 콜레오네가 비극적 사건을 연이어 겪으며 점차 변화하고, 이윽고 살인과 복수라는 선택을 하면서 돌이킬 수 없는 강을 건너게 되는 것처럼요. 사건과 선택의 규모에 따라 필요한 묘사와 이야기의 양이 달라질 텐데, 특정 블록에 과도하게 집중되지 않도록 전체적인 흐름을 고려하여 선택과 사건을 배치하는 것이 중요합니다.

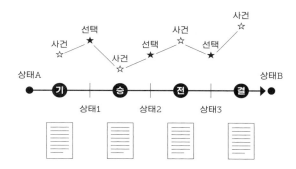

그리고 각 블록에서 수행해야 하는 인물의 행동을 이야기로 간단하게 정리합니다. 이제 짧은 이야기 한 편의 기본적인 틀을 세웠습니다. 물론 아주 간단한 단계만 거쳤기 때문에 이것만으로 본문을 쓰기에는 아직 이르지만 시놉시스를 쓰기에는 충분하죠.

기승전결로 이야기를 나누어 구성할 때 어디서 어떤 일이 일어나면 좋을까요? 예시를 들어 보겠습니다. 다만 어디까지나 예시일 뿐 정답이 아니라는 걸 명심해 주세요.

기: 세상과 인물 소개하기

먼저 이야기의 시작에 해당하는 '기'에서는 작품 속 세계와 우리 세계의 차이가 담기면 좋습니다. 노골적으로 보여 줘도 좋고 은근 슬쩍 감춰 둬도 좋습니다. 예를 들어 스마트폰이 없는 미래를 보여 주고 싶다면 낯선 대도시에 간 주인공이 종이 수첩 뒤에 꼬깃꼬깃 접힌 반중력 지하철 노선도를 펼쳐서 살펴보게 할 수 있을 겁니다. 주인공의 성격을 전달하는 것도 중요합니다. 특히 주인공이 수동적인지 능동적인지를 보여 주면 좋습니다. 독자가 감정을 이입할 인물이 이야기를 이끌고 갈지 아니면 끌려 다닐지 힌트를 주는 거죠. SF에서는 소재와 상황이 인물을 이끄는 경향이 있으니 주인공을 능동적 성향으로 설정해 두면 균형이 잘 맞겠죠. 수동적이다가 점차 능동적으로 변해 가는 과정을 그리는 것도 좋습니다. 결말을 이미 정했다면 그에 대한 암시나 상징을 도입부에 넣어 둡시다. 초고를 결말까지 쓴 다음에 다시 돌아와 마치 처음부터 있었던 것처럼 힌트를 넣어 둬도 되고요. 그러면 이야기를 다시 읽는 재미를 줄 수 있습니다. 굳이 시작 부분이 아니어도 되지만 다 읽고 나서 첫 페이지를 다시 펼쳤을 때 결말과의 연결고리가 보인다면 독자들이 얼마나 전율할까요?

승: 사건 일으키기

주요 소재, 특히 SF적 소재와 관련된 변화나 사건이 본격적으로 일어나 주인공에게 위기 또는 긴장감을 부여합니다. 주인공은 어떤 선택을 하고 그 선택 때문에 앞으로 일어날 상황에서 더욱 발을 뺄 수 없게 되죠. 현재 상황 전체 또는 일부가 썩 마음에 들지 않아 해결 방법을 찾으려 노력하지만 어떤 방법도 뜻대로 되지 않고 오히려 그 상황에 더 깊이 빠져듭니다. 주인공은 이제 시작할 때와는 완전히 다른 상황에 처하고 말았습니다. 이제 과거와는 같은 태도를 유지할 수 없게 됩니다.

전: 상황 뒤집기

문제 해결을 위한 (거의) 마지막 기회와 시도가 이루어집니다. 하지만 실패하거나 예상과는 완전히 다른 결과를 얻지요. 주인공은 좌절하는 듯하다가 상황을 재해석하며 위기를 극복할 새로운 방법을 찾습니다. 이때부터 주인공은 주요 소재나 사건의 본질에 대한 의심 혹은 고민에 빠집니다. 그리고 지금까지와는 다른 방향을 향해 나아갑니다.

결: 재해석하기

주요 소재나 사건의 본질에 대한 재해석을 통해 경이감이나 경외감을 느끼게 되는, SF에서 가장 중요한 순간입니다. 사라진 동료의 구조 신호라고 생각했던 것이 사실은 경고였다거나, 과거를 바꾸기 위한 것이라고 생각했던 타임머신이 사실은 미래로부터 현재를 지키기 위한 것이었다거나, 지키려고 했던 이상향의 그림자 속에 가려져 있던 비밀을 깨닫게 된다거나. 주인공은 과거의 자신이었다면 상상도 못했을 선택과 행동을 합니다. 마지막으로 주인공의 선택과 행동의 영향으로 달라졌거나 이제부터 완전히 달라질 세계를 보여 줍니다.

굉장히 단순하게 설명했지만 이것만으로도 기본적인 SF의 뼈대를 세울 수 있습니다. 물론 완성도를 높이려면 더 복잡한 구조를 만들고 여러 층위를 더해야겠죠.
다음은 제가 단편 「위그드라실의 여신들」을 쓸 때 실제로 작성했던 겁니다.

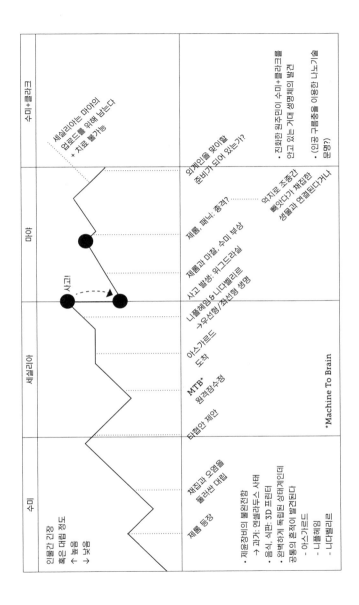

저는 이야기를 네 개의 블록으로 나누고 각각의 블록을 그에 해당하는 주인공에게 배정했어요. 기승전결과는 조금 다른 결이지요. 그림 윗부분의 그래프는 상태의 변화 가운데서도 긴장감의 변화를 나타낸 것이고, 긴장감이 고조될 때마다 어떤 사건 또는 어떤 선택이 이루어지는지를 점선으로 이어서 메모를 해 뒀습니다. 아주 초기에 만든 거라서 많은 내용이 담겨 있지는 않고, 완성된 작품과 다른 부분도 있습니다. 방금 보여드린 방법과 완전히 일치하지는 않지만 핵심은 같습니다. 블록을 만들고 상황의 변화, 사건과 선택 그리고 인물의 행동을 배치하는 거죠. 물론 이렇게 얼개를 만들었다고 해서 이걸 반드시 따라갈 필요는 없습니다. 실제로 이야기를 쓰다 보면 새로운 상황이 떠오르거나 다른 선택을 하게 되는 경우도 있죠. 그런 의미에서 너무 꼼꼼하게 준비할 필요는 없다고 말씀드리고 싶습니다. 인물이 스스로 선택할 자유도 남겨 두세요.

얼마나 많은 것을 미리 정하고, 얼마나 많은 것을 상황에 맡길지는 작가의 선택입니다. 전자는 준비가 많이 필요하지만 글을 쓸 때는 좀 편하고, 후자는 제법 빨리 시작할 수 있지만 글을 쓰는 동안 고민이 많다는 차이가 있습니다.

{ 16 }
구조 vs. 인물과 상황

플롯이라는 말을 들어 보셨을 겁니다. 플롯의 정의를 넓게 이야기하자면 앞에서 말한 이야기의 구조라 할 것이고, 더 구체적으로 말하자면 이야기의 설계라고 할 수 있습니다. 건축물의 1층에서 시작해 꼭대기 층의 전망대까지 오른다고 했을 때, 방문자가 어떤 순서로 어떤 복도와 문, 방과 장식물, 창밖 풍경을 보면 더 깊은 감명을 느낄지 고민하며 건축물을 설계하는 것과 비슷합니다. 실제 건축과 다른 점이라면 소설의 설계에는 스토리텔링이 들어가야 한다는 거죠. 다만 플롯은 어디까지나 작가와 독자 혹은 연구자의 편의를 위해 존재하는 것에 가깝기 때문에 너무 사전적으로 접근할 필요는 없습니다. 그래서 자세히 설명하기보다는 플롯을 다루는 대표적인 방법 두 가지만 간단하게 짚고 넘어가겠습니다.

건축물에 여러 양식이 있고 그 양식마다 나름의 규칙과 법칙, 디자인 요소가 있듯 플롯도 서로 다른 특징을 가진 몇 가지 양식으로 나눌 수 있습니다. 플롯을 분류하는 기준은 크게 두 가지입니다. 하나는 이야기 내부에서 무엇을 다루느냐에 따른 구분으로, 로널드 토비아스가 『인간의 마음을 사로잡는 스무 가지 플롯』에서 소개한 구분이 대표적입니다. 다른 하나는 외부에서 바라본 이야기 형태에 따른 로버트 맥키의 구분으로, 『시나리오 어떻게 쓸 것인가』에서 자세히 설명하고 있습니다.

로널드 토비아스는 플롯의 종류를 추구, 모험, 탈출, 복수 등 총 20가지로 분류했는데요, 현존하는 거의 모든 이야기를 여기에 맞춰 분류할 수 있습니다. 『인간의 마음을 사로잡는 스무 가지 플롯』에서 플롯의 종류에 따라 굉장히 많은 사례를 다루고 있기 때문에 아마 이 책만 읽어도 플롯이란 어떤 것인가를 대충 짐작할 수 있을 겁니다. 물론 책에서는 어디까지나 대표적인 형태를 분류한 것이고, 실제로는 다중 플롯이 사용되거나 전형적인 플롯을 조금 비트는 경우가 많습니다.

이에 비해 로버트 맥키는 플롯을 크게 세 종류로 나눴습니다. 우선 고전적인 아크 플롯은 가장 일반적인 형태의 플롯입니다. 인과성의 지배를 받고 결말은 닫혀 있어요. 시간 순서대로 진행되고 주로 한 명의 주인공이 외적인 갈등과 마주하며 적극적으로 활약하는 이야기입니다. 현실적인 세계를 다루기 때문에 사실성이 요구되기도 하고요. 할리우드 영화 대부분이 여기에 속합니다. 미니 플롯은 아크 플롯에서 일부를 떼어 낸 것에 가까워요. 결말이 열린 경우가 많고 외적 갈등보다는 내적 갈등을 다룹니다. 주인공이 여러 명이거나 비슷한 비중의 인물이 여럿 등장하기도 하고, 인물들은 대개 수동적입니다. 안티 플롯은 플롯이라는 개념 자체가 희박해진 플롯이라고 할 수 있습니다. 많은 일이 우연히 일어나고 시간 순서도 뒤죽박죽이거나 사실에 일관성이 없기도 합니다. 물론 이 세 종류의 플롯도 어느 정도 조합되어 사용되는 경우가 많죠.

그렇다면 SF에는 어떤 플롯이 주로 사용될까요? 물론 어떤 플롯을 사용해도 문제는 없지만 일반적인 경우 아크 플롯과 미니 플롯의 사이라고 할 수 있습니다. SF에서는 법칙의 일관성과 보편성이 중요하고 이것은 아크 플롯의 특징이죠. 반면 세상의 변화를 보여 주거나 변화를 암시하는 방향으로 끝나기도 하는데, 이것은 열린 결말 즉 미니 플롯의 특징이기도 합니다. 물론 시간과 공간, 물리 현상을 뒤섞으며 SF이기에 가능한 안티 플롯도 만들어 낼 수 있을 겁니다. 어떤 이야기에 어떤 플롯을 써야 한다는 규칙은 없습니다. 자기가 하고 싶은 이야기에 잘 어울리는 걸 작가의 취향과 편의에 따라 또는 독자의 수요에 따라 선택하면 되죠.

플롯은 한번 잘 짜 두면 독자를 원하는 방향으로 이끌 수 있기 때문에 플롯을 꼼꼼히 설계하면서 작업하는 작가들도 많습니다. 소설뿐만 아니라 여러 매체에서, 특히 영화 시나리오에서는 인물별·사건별로 여러 개의 다중 플롯을 부여해서 이야기를 짜기도 하고요. 그런데 때로는 플롯을 강요하는 문화가 작가의 창의성을 제한하고, 플롯 자체가 독자 또는 관객에게 쉽게 소비되기 위한 장치로 사용된다는 비판도 있습니다. 이에 대해 로버트 맥키는 이렇게 말했습니다.

플롯을 짠다는 것은 이야기의 위험 지형 속을 헤매고 다니다가 수많은 미로를 만났을 때 단 하나의 확실한 통로를 선택한다는 것을 의미한다. 플롯은 사건들에 대한 작가의 선택이며 시간 속에 그것들을 직조해 넣는 일을 말한다.

무한한 가능성의 미로에서 다른 선택지가 없는 하나의 확실한 길을 작가가 마련해 두는 것이기에 이야기를 완성하는 중요한 요소라는 거죠. 결코 틀린 말이 아닙니다. 그런데 조금 다른 의견도 있습니다. 작가 스티븐 킹은 이렇게 말했죠.

내가 보기에 소설은 장편이든 단편이든 세 가지 요소로 이루어진다. A지점에서 B지점을 거쳐 마침내 Z지점까지 이야기를 이어가는 서술(narration), 독자에게 생생한 현실감을 주는 묘사(description) 그리고 등장인물의 말을 통하여 그들에게 생명을 불어넣는 대화(dialogue)가 그것이다. 그렇다면 플롯은 어디 있느냐는 질문이 나올 법하다. 적어도 내 대답은 어디에도 없다는 것이다.

스티븐 킹은 이야기에는 서술과 묘사, 대화가 있을 뿐 플롯은 없다고 주장합니다. 또한 플롯은 진정한 창작과 양립할 수 없으며, 소설 창작이란 어떤 이야기가 저절로 만들어지는 과정이라고 덧붙이기도 했습니다. 즉 스티븐 킹은 이야기는 인물과 상황이 주어지면 저절로 만들어지는 것이지 작가가 설계도를 그려서 조립하듯 만드는 게 아니라고 말하는 거죠.

로버트 맥키는 시나리오계의 거물입니다. 스티븐 킹은 현대 장르문학계의 거장이고요. 누구 말을 믿어야 할까요?

일단 스티븐 킹의 주장에서 먼저 언급해야 할 부분이 있습니다. 킹이 애초에 아주 뛰어난 재능을 가진 작가라는 거죠. 본능과 감각에 의지해 놀라운 이야기를 끊임없이 쏟아 낸 사람입니다. 물론 쉽게 해낸 일은 아니겠지만, 타고난 이야기꾼이라는 건 부정할 수 없습니다. 그러니 '이야기는 저절로 만들어지는 것이다'라는 스티븐 킹의 말은 '방정식을 보면 숫자마다 색깔이 있고 그게 섞이면서 답이 보인다'라고 말하는 천재 물리학자의 말과 비슷한 부분이 있어요. 보통이라면 이야기가 저절로 만들어지는 경험을 하기까지 다소 또는 상당히 많은 노력이 필요할 겁니다.

그리고 로버트 맥키는 어디까지나 영화 시나리오 전문이에요. 물론 영화 시나리오도 결국은 이야기이기 때문에 소설가들도 로버트 맥키가 말하는 플롯의 중요성을 잘 인지하고 있습니다. 하지만 영화라는 매체의 특징 때문에 그의 주장에서 플롯의 중요성이 더 강조되는 것도 사실입니다. 영화는 한정된 시간 내에 관객을 이야기의 폭풍 속으로 끌어들여야 하고, 그러기 위해서는 잘 설계된 플롯으로 낭비 없이 이야기를 짜야 하죠. 게다가 대개 소설과는 비교가 되지 않을 정도로 많은 자본과 복잡한 이익 구조가 얽혀 있기 때문에, 거액을 투자해 영화로 만들 가치가 있는 시나리오를 고르는 단계에서 플롯이라는 도구로 이야기의 완성도를 가늠하는 일이 중요할 수밖에 없겠지요.

그래서, 플롯은 필요할까요? 이미 보여 드린 것처럼 작가에 따라, 작품에 따라 다릅니다. 애초에 작가들이 플롯의 정의를 조금씩 다르게 내리기도 하고요. 앞에서 스티븐 킹이 플롯을 부정하는 듯한 말을 하기는 했지만, 어디까지나 결말을 정해 두고 거기서 역설계하는 이야기에 대한 비판이었어요. 스티븐 킹은 무슨 일이 일어날지는 작가와 인물과 독자 모두가 그 상황에 처해 봐야 알 수 있기 때문에 써 보기 전에는 몰라야 한다고 생각한 겁니다. 그리고 말은 이렇게 해도 스티븐 킹 역시 구체적으로 시각화하지 않을 뿐 이야기의 얼개, 즉 넓은 의미의 플롯은 어느 정도 머릿속에 그려 두고 있다고 하고요. 반면 로버트 맥키가 말하는 플롯은 역설계라기보다는 개연성과 결말의 필연성을 구축하는 방법에 가깝습니다. 적어도 아크 플롯에서는 그렇죠.

그렇다면 두 가지를 비교해 봅시다. 구조에서 시작하는 경우, 즉 플롯 중심의 작법에서는 이야기의 설계도가 이미 짜여 있어요. 이야기라는 건물의 입구로 들어가 방에서 무엇을 보고 만지며 어느 문을 열고 어느 복도로 갈지 따위가 미리 정해져 있는 거죠. 그렇게 정해진 동선으로 인물을 이끌기 위해 문과 식탁, 침대, 의자 같은 가구를 자연스럽게 배치하는 게 플롯을 설계하는 과정 중 하나가 되겠고요. 모든 게 준비되면 시작에서 결말에 이르는 주인공의 동선이 독자의 눈에는 극히 자연스러워 보이겠죠. 하지만 사실은 장식 하나 그림 하나까지 작가가 계산해서 배치했고 주인공은 그렇게 움직일 수밖에 없었던 겁니다.

반면 구조 없이 시작하는 경우는 인물과 상황 중심의 작법이라고 할 수 있습니다. 이 방법은 작가조차 예상하지 못한 결과물을 가져다주기도 해서 굉장히 재미있지만 결코 쉽지는 않아요. 어떤 인물이 어떤 상황에 놓여 있다는 것 말고는 정해진 게 거의 없으니 다음 할 일은 이런 상황에 놓인 인물이 어떤 행동을 할까 고민하는 거죠. 스티븐 킹의 장기 중 하나가 바로 기발한 상황을 설정한 뒤 그 상황을 더욱 재밌게 만들어 줄 독특한 인물을 던져 넣는 것입니다. 어떤 상황에 어떤 인물을 넣어야 이야기가 재밌게 흘러갈지를 그는 거의 본능적으로 알죠. 하지만 이 방법에 익숙하지 않다면 처음엔 너무 많은 가능성 때문에 어려움을 겪을 수도 있습니다. 여차여차해서 어떤 인물이 어떤 상황까지 왔는데 여기서 이 인물이 도대체 무슨 선택을 할지 모르겠다거나, 어떤 선택을 할 것 같기는 한데 도무지 그 선택이 이야기를 좋은 방향으로 이끌어 줄 것 같지 않은 경우도 있겠죠.

그래서 인물과 상황으로 이야기를 이끌어 가려면, 달리 말해 서사적 가능성의 나무를 제대로 오르려면 두 가지를 먼저 고민해야 합니다. 하나는 이 인물이 어떤 나무를 오를 것인가입니다. 소재와 상황이라고 할 수 있지요. 안개 속에서 괴물이 기다리는 버드나무를 오를 것인가, 광대 분장을 한 광인이 숨어 있는 소나무를 오를 것인가, 겨울 산의 고립된 호텔로 향하는 대나무를 오를 것인가에 따라 인물의 행동과 전략이 완전히 달라질 겁니다. 또 반대로 어떤 나무를 오를지가 정해져 있다면 그 나무를 가장 흥미롭게 오를 사람이 누구인지 고민할 수도 있을 겁니다.

고민해야 할 다른 하나는 가능성의 나무를 오르는 인물의 내면과 가치관입니다. 그래야 이 인물이 어떤 상황에서 어떤 선택을 할지 알 수 있죠. 그리고 여기에는 긍정적인 것이든 부정적인 것이든 보통 사람과는 차별되는 점이 있어야 합니다. 그래야 주변 인물이나 독자의 예상을 벗어난 선택을 하며 이야기를 재밌게 이끌어 갈 수 있으니까요. 즉 '나무를 잘 오를 사람'이 아니라 '나무를 긴장감 넘치게 오를 사람'을 찾아야 한다는 겁니다. 어떤 상황에 인물을 던져 놓았는데 그 인물이 그 상황을 눈 감고도 해결할 수 있는 사람이라면 재미가 없잖아요. 인물과 상황을 중심으로 이야기를 만들어 간다는 건, 모든 가능성을 열어 두되 인물과 상황에 모든 매력이 집중되고 두 요소가 서로를 잘 살리도록 안배해야 한다는 겁니다. 그래야 독자들이 낯선 상황에 놓인 인물이 어떻게 느끼고 행동할지 궁금해하며 이야기의 세계를 탐험할 테니까요.

스티븐 킹의 『미스트』에서 낯선 상황은 '세상이 안개에 뒤덮이고 안개 속에서 괴물이 나타나서 사람들이 마을의 작은 마트에 고립된다'입니다. 그리고 인물은 현실적이고 위선적인, 여러 가지 이익 관계로 얽힌 마을 사람들이죠. 어떻게 이런 인간들을 쏙쏙 골라 모았을까

싶을 정도로 좋든 나쁘든 개성 넘치는 인물로 가득합니다. 일단 인물들을 이런 상황에 던져 두면, 스티븐 킹의 말대로 이야기가 스스로 만들어지는 거죠. 어쩌면 이를 소설 작법의 최종 형태라고 할 수도 있을 겁니다.

스티븐 킹 작법의 대척점이라 할 딘 쿤츠는 작가가 모든 걸 통제해야 한다고, 즉 플롯이 반드시 있어야 한다고 주장한 바 있습니다. 하지만 딘 쿤츠도 나중에는 결국 플롯 중심에서 인물과 상황 중심의 이야기로 노선을 변경하며 스스로 패배를 인정했다고 하죠. 다만 앞에서 이야기했듯 스티븐 킹 스타일은 그가 숙련된 작가이기에 가능한 것이기도 합니다. 어지간히 운이 좋거나 놀라운 영감을 받은 게 아니라면 많은 노력과 시행착오가 필요하겠지요. 스티븐 킹 본인도 이런 말을 했습니다.

괜찮은 작가가 노력하면 위대한 작가가 되지는 못해도 훌륭한 작가는 될 수 있다.

일단 어떤 식으로든 글을 꾸준히 읽고 쓰다 보면 그럭저럭 괜찮은 작가가 될 수 있을 거고, 거기에 노력을 더하면 훌륭한 작가가 될 수 있을 겁니다. 저도 여러분도 그렇게 되길 바라며 계속 써 나가는 수밖에 없지요.

〔 17 〕
설계도에서는 보이지 않는 것들

앞에서는 이야기를 몇 개의 블록으로 나누고 각 블록의 시작과 끝의 상태가 어떻게 달라지는지를 생각한 다음, 그 사이사이에 변화를 위한 사건과 선택을 배치해 두자고 했습니다. 이것 역시 아주 기초적인 형태의 플롯이라고 할 수 있어요. 그런데 실제로 쓰기 시작하면 인물이 애초의 계획과는 다른 사건을 겪고 다른 선택을 하는 편이 더 흥미로워진다는 걸 발견하기도 합니다. 그러면 그걸 따라야 합니다. 계획과 이야기가 다르게 흘러갈 수 있다는 걸 염두에 두는 거지요. 어떤 건물의 설계도를 보고 동선을 짜는 것과 실제로 그 건물 내부에 들어가서 동선을 짜는 것은 아무래도 다를 수밖에 없겠죠.

설계도에서는 보이지 않던 것들이 현장에서 보이기도 합니다. 이야기를 설계할 때는 '신입사원 주인공이 출근길 엘리베이터에서 회사 대표를 만났는데 엘리베이터가 고장 나는 바람에 잠시 갇힌 동안 대표와 운명을 바꿀 대화를 나눈다'고 정했다고 합시다. 그런데 그 장면을 쓰며 현실적인 광경을 떠올려 보니 출근 시간이라면 엘리베이터에 사람이 넘칠 테고 그럼 대표를 만나더라도 대화를 나누기가 쉽지 않을 듯싶죠. 게다가 회사의 규모가 처음 설정했던 것보다 커지면 대표가 일개 사원들과 부대끼며 엘리베이터를 탈 것 같지도 않고요. 아무래도 주인공과 대표를 만나게 하려면 다른 방법이 필요할 것 같지요.

엘리베이터를 기다리던 주인공이 문득 고개를 돌리니 오늘따라 비상계단 안내등 불빛이 유독 밝아 보입니다. 주인공은 아침을 평소보다 든든하게 먹었다는 말을 덧붙이며 운동 삼아 계단을 오르기로 합니다. 그런데 몇 층 오르다가 대표와 마주친 겁니다. 대표는 중요한 회의가 있는 날에는 긴장을 풀기 위해 계단을 오르내리며 자료를 살펴보는 습관이 있었고요. 간단한 대화를 하며 함께 계단을 걷는데 계단 폭이 좁아서 대표의 로션 냄새를 맡을 수 있을 만큼 가까이 붙을 수밖에 없습니다. 뒤처져 따라가자니 대표의 엉덩이가 눈에 들어와서 좀 부담스럽고요. 그렇게 몇 층을 함께 오르니 서로의 거친 숨이 느껴지고, 어쩌면 쿵쾅거리는 심장소리까지 들리는 듯도 합니다. 그러자 두 사람의 심리적 경계가 조금씩 허물어집니다. 주인공의 운명을 바꿀 대화는 그때부터 시작됩니다. 설계도만 보고 엘리베이터에 둘을 가둘 때와는 조금 다른 전개가 펼쳐지는 거죠. 어지간히 철저하게 설계해 둔 게 아니라면 글을 쓰는 동안 더 나은 선택지를 새롭게 발견하는 순간이 오기 마련입니다.

어떤 작가는 대사 없는 시나리오 수준의 트리트먼트와 플롯을 준비하고 나서야 첫 문장을 쓰는 반면, 또 다른 작가는 두 방법을 함께 사용하고, 아예 두 번째 장면조차 떠올리지 않고 첫 장면을 쓰는 작가도 있습니다. 정답은 없으니 많은 이야기를 직접 만들어 가면서 자기만의 방법을 찾으면 됩니다. 다만 처음 시작할 때는 두 가지를 섞은 가장 무난한 방식을 택하는 게 좋겠지요.

무의식 속 플롯

저의 『마지막 마법사』는 어반 판타지 공모전에서 우수상을 받았던 작품입니다. 수상작인 만큼 심사평에 좋은 이야기가 많았지만 당연히 단점도 언급되어 있었습니다. 스토리텔링은 좋지만 플롯을 포함한 많은 부분이 전형적이라는 것이었죠. "작가가 비슷한 부류를 많이 읽어서 그런 것이 아닐까"라며, 독서광인 작가가 빠지기 쉬운 함정이라는 말도 덧붙여 있었습니다.

재미있는 사실은 정작 저는 『마지막 마법사』를 쓸 때 플롯을 짜지 않았다는 겁니다. 손바닥 크기의 수첩에 최소한의 설정만 적어 둔 다음 인물과 상황이 흘러가는 대로 썼습니다. 게다가 저는 비슷한 부류의 소설을 거의 읽지 않았고 독서광도 아닙니다. 그렇다면 왜 이런 평가를 받았을까요? 플롯이란 사실 누구나 가지고 있는 이야기 구조에 대한 감각이기 때문이라 생각합니다. 플롯을 미리 생각하지 않고 썼다 하더라도 무의식적으로 어떤 플롯의 형태가 반영되는 거죠.

그렇기 때문에 플롯 없이 또는 최소한의 시놉시스만 갖춘 채로 이야기를 쓸 때는 부지불식간에 전형적인 플롯 혹은 의도하지 않은 플롯을 따르지 않는지 주의할 필요가 있습니다. 전형적인 플롯은 대개 다음 장면을 예상하기 쉽기 때문에 재미와는 별개로 이야기가 진부해질 수 있고요. 의도하지 않은 플롯이 튀어나온다는 건 이야기가 작가의 통제를 벗어나기 시작했다는 뜻이니까요. 때로는 스트레스가 전형적인 플롯의 원인이 되기도 합니다. 이야기 진행이 꽉 막혔을 때 작가가 받는 스트레스는 무지막지하죠. 자세한 시놉시스나 플롯이 미리 준비되어 있다면 막힌 부분을 잠시 비워 두고 다음 단계로 가도 되지만, 인물과 상황에 의존하는 글쓰기에서는 지금 상황이 해결되지 않으면 다음 장면으로 넘어가기가 어려워요. 그러다 스트레스를 감당하지 못하면 결국 안일한 선택을 하게 되고, 그러면 방금 말한 것처럼 전형적인 플롯을 따르게 되는 거죠.

전형적인 플롯이 반드시 나쁜 건 아닙니다. 그만큼 보편적이고 이해하기 쉬운 구조이기도 하니까요. 재미있으면서도 예상 가능한 이야기를 읽고 싶을 때도 있고요. 하지만 전형적인 플롯을 의도한 게 아닌데 그게 나도 모르게 나타난다면 썩 달갑지는 않을 겁니다. 그럴 때는 그 전형성을 조금 비틀어서 독자의 예상을 깨 보는 것도 좋은 시도입니다.

VI

일단 써 보기

〔 18 〕
첫 문장, 첫 문단, 첫 장면

이야기가 어느 정도 준비되었다면 이제 키보드를 두드려 봅시다. 펜을 들어도 되고요. 완벽한 준비는 필요 없습니다. 그런 건 애초에 불가능하니까요. 모든 요소가 준비되어 있을 필요도 없습니다. 어떤 건 쓰기 시작해야 보입니다.

　　어떤 작품의 첫 인상은 여러 요소에 의해 결정됩니다. 제목, 표지, 누군가의 한줄평일 수도 있죠. 이미 책을 펼친 독자에게는 첫 문장이 작품의 첫 인상을 전달할 겁니다. 여기서는 첫 문장과 첫 문단, 그리고 첫 장면을 모두 통틀어 첫 문장이라고 하겠습니다. 일단 집어 든 책이라면 어느 정도는 읽어 주는 독자도 있겠지만 처음 몇 줄, 몇 문단, 몇 페이지에서 흥미를 느끼지 못하면 바로 책을 덮는 독자도 있지요. 그러니 이야기의 첫 문장은 굉장히 중요합니다. 완성도가 높은 이야기일수록 도입부에 작품 전체의 분위기나 결말에 대한 암시가 녹아들어 있는 경우가 많습니다.

첫 문장은 독자뿐만 아니라 작가에게도 중요합니다. 작가에게 좋은 첫 문장이란 그걸 다시 볼 때마다 그 이야기를 마무리 짓고 싶어지게 만드는 문장입니다. 어떤 문장은 한 이야기에만 속하기 때문에 그 이야기를 완성하지 않는다면 고심 끝에 쓴 그 첫 문장을 버릴 수밖에 없죠. 저는 「위대한 침묵」의 첫 문장을 이것으로 정했습니다.

침묵은 깨졌습니다.

이 이야기는 침묵을 깨는 것이 불러오는 참극을 그립니다. "침묵은 깨졌습니다"라는 첫 문장이 첫 장면에서는 커다란 성취의 상징처럼 나오지만 사실은 비극에 대한 암시인 만큼, 얼른 이 착각을 깨뜨려 주고 싶다는 생각에 뒷이야기 쓰는 손을 재촉했지요. 「밤의 끝」이라는 작품은 이렇게 시작합니다.

별빛 사이로 시아의 날개가 뻗어나갔다.

이 문장은 이야기 전체를 아우르는 상징을 품고 있습니다. 별빛 사이로 뻗는 날개라는 신화적인 이미지가 작품을 어떻게 끌고 가야 할지를 감각적으로 제시해 주었어요. 별빛 사이로 주인공이 날개를 펼치는 장면 자체가 좋아서 꼭 완성하고 싶다는 욕심이 들기도 했고요.

첫 문장을 처음부터 아주 잘 쓸 필요는 없습니다. 위의 두 문장도 잘 쓴 문장이라기보다 개인적으로 좋았던, 즉 볼 때마다 이야기를 완성하고 싶은 마음이 솟았던 첫 문장일 뿐이고요. 보자마자 이 작품에서 무엇을 보여 주고 싶은지 떠올릴 수 있으면 됩니다. 아니면 그저 문장이나 표현 자체가 마음에 들어서 이걸 버리고 싶지 않더라도 괜찮습니다. 초고를 완성한 다음에 어차피 다시 처음으로 돌아와 전체 이야기에 어울리도록 고쳐 쓰는 일이 많을 겁니다. 처음에 썼던 첫 문장, 첫 문단, 첫 장면이 통째로 사라지는 일도 있겠지요. 하지만 이야기를 완성했다면 초고의 첫 문장은 이미 제 역할을 다한 것이니 새로운 문장에 자리를 내줘도 괜찮을 겁니다.

하지만 아무리 머리를 굴려도 첫 장면을 쓰기 어려울 때가 있죠. 그럴 때 잠시 응급처치처럼 쓸 수 있는 방법이 있습니다. 좋아하는 작가 혹은 작품의 첫 장면을 참고하는 겁니다. 예를 들어 주인공이 어떤 건물에 들어가는 장면으로 시작하고 싶다면, 좋아하는 작가의 작품 속에서 비슷한 장면을 찾아봅시다. 꼭 첫 장면일 필요는 없고 새로운 장면이 시작되는 부분이면 됩니다. 이때 문장을 따라하는 게 아니라 장면의 구성 요소를 보여 주는 순서나 방법을 따라해 보는 것이 중요합니다. 영화로 치면 카메라의 동선을 흉내 내 보는 거죠.

무지개 운석 밀수 문제를 다루는 우주추락체추적과학센터는 잠실에 있는 어썸월드타워 108층부터 111층까지를 독차지하고 있었다. 김양묵은 비행기를 12시간, 버스와 지하철을 2시간 타고 온 참이라 오피스 전용 엘리베이터에 올랐을 때는 땀냄새 때문에 잔뜩 민감해져 있었다. 도착 직후 보고서를 내야 해서 지하철에서 내릴 때까지 태블릿을 들여다봐서 눈은 아직도 충혈되어 있었다.

이 문단은 토머스 해리스의 장편소설 『양들의 침묵』 첫 문단을 따라서 써 본 겁니다. 처음엔 주인공의 목적지가 있는 건물을, 그다음엔 주인공이 그곳에 이른 과정과 그게 지금 모습에 어떻게 반영되어 있는지를 보여 줍니다. 이렇게 첫 장면을 쓰고 나면 다음 장면을 쓰기가 수월해집니다. 첫 장면을 쓴다는 건 마치 정지마찰력을 이겨 내는 것과 비슷해서, 한번 뛰어넘고 나면 더 적은 힘으로 계속 굴러가게 되죠. 다만 말했듯이 이 방법은 어디까지나 응급처치입니다. 이렇게 쓴 게 한 문단 이상 이어져서는 안 되고, 결국은 되돌아와 자신만의 문장으로 다듬어야 합니다. 뒷부분이 잘 풀리고 나면 도입부를 그에 어울리게 고치고 싶어질 거예요.

만약 평소에 첫 문장, 첫 문단, 첫 장면을 쓰면서 자주 어려움을 겪는다면 좋아하는 작품들이 어떻게 시작하는지 분석해 보는 일이 크게 도움될 겁니다. 한 작품 속에서도 새로운 장면이나 장章을 시작하는 다양한 방법을 살펴보고 참고하세요. 좋아하는 작품의 시작 장면을 자신만의 문장으로 새롭게 써 보는 연습도 도움이 될 거고요.

두 번째 장면부터 끝까지

일단 이야기를 쓰기 시작했다면 그다음부터는 자유입니다. 초고의 집필 과정은 작가마다 다를 뿐 아니라, 같은 작가라도 작품마다 다르기도 하니까요. SF만의 초고 집필 방법 같은 건 없습니다. 그저 '그 작품'의 초고 집필 방법이 있을 뿐이지요. 그렇기에 여기서는 제가 초고를 쓰는 과정에서 개인적으로 도움이 되었던 경험만 몇 가지 정리해 두겠습니다. 이는 모두 소설 집필의 일반적인 요소이기도 합니다.

공간과 배경의 역할과 활용

어떤 장면에서 공간적 배경은 그저 예쁘게 꾸며 놓은 벽지 같은 게 아니라 이야기 속에서 그곳에 있는 인물과 소통하는 말 없는 캐릭터라고 생각하면 좋습니다. 배경은 인물의 말과 행동, 감정을 유도할 수 있는 효과적인 도구이며, 때로는 다음 장면이나 사건으로 자연스럽게 이어 주는 역할을 합니다.

공간 자체가 어떤 상징이 되기도 합니다. 프랭크 다라본트 감독의 『쇼생크 탈출』에서 앤디는 어느 날 교도관실의 문을 잠그고 교도소 전체에 모차르트 오페라 한 곡을 틉니다. 문은 금방 열릴 테고 교도관들에게 얻어맞은 다음 독방에 갇히리라는 걸 앤디도 알았겠지요. 하지만 오로지 자신을 통제하기 위해 존재하는 공간인 교도소/교도관실에서 느끼는 자유는 그만한 가치가 있었을지도 모릅니다. 다른 예로 교도소 도서관은 앤디가 유일하게 자신이 통제할 수 있고 영향을 끼칠 수 있으며 자유를 느낄 수 있는 장소입니다. 그래서 앤디는 도서관을 완성하고 지키기 위해 무엇이든 하고, 때로는 교도관들이 위협할 때 전략적으로 도서관을 이용하기도 하지요.

공간적 배경이 하나의 캐릭터처럼 작동하기도 합

니다. 크리스토퍼 놀란의 『다크 나이트』에서는 고담시라는 공간과 고담시 시민들이 다양한 방법으로 이야기에 개입하며 배트맨과 조커가 벌이는 게임의 플레이어가 됩니다. 이름 없는 시민들의 선택 역시 주요 인물들의 선택만큼이나 이야기에서 큰 역할을 하죠. 샘 레이미의 『스파이더맨 2』 전철 장면에서 스파이더맨을 지켜 낸 시민들이 그랬듯이요. 저도 이 장면들을 떠올리며 『마지막 마법사』를 쓸 때 가람시라는 가상의 공간과 시민들이 주인공의 동선과 선택, 심경의 변화에 영향을 주도록 주의를 기울였던 기억이 있습니다.

사실 인물과 배경의 상호작용은 자연스럽고 당연한 것이지만, 이야기의 진행에만 몰두하다 보면 배경이 본래 맡아야 할 역할을 하지 못하고 단순한 무대처럼 남아 버려 오히려 부자연스워지는 경우도 있습니다. 두 인물이 도서관에서 총격전을 벌인 다음에 비어 있는 옆 건물로 이동해 길고 진지한 대화를 나누는 동안 도서관 쪽에서 사이렌 소리가 들리지 않는다면 어색하겠죠. 만약 사이렌 소리가 들린다면 자리를 피하든 몰려온 사람들을 이용해 새로운 긴장 상태를 만들든 여러 가지 전개를 유도할 수 있겠지요. 물론 무시하는 것도 가능하지만 그럼 애초에 신고할 사람이 존재하는 도서관 같은 곳에서

총을 쏘는 장면을 넣을 이유가 없죠.

공간은 두 인물의 관계를 보여 줄 때도 활용할 수 있습니다.

A는 한림문고 과학소설 코너 구석에서 고개를 푹 숙여 오슨 스콧 카드의 오래된 단편집을 찾고 있었다. 서가 맨 아래쪽 구석에서 비슷한 책이 눈에 띄자 다급해진 A는 걸음을 재촉하다 반대편에서 똑같이 허리를 숙이고 다가오던 B와 장대한 머리 박치기를 하고 말았다.

두 사람은 서로 멋쩍게 사과를 하다가 이 상황이 얼마나 우스꽝스러웠는지 그리고 주변에서 얼마나 많은 사람이 쿡쿡거리고 있는지를 깨닫고는 결국 본인들이 가장 크게 웃음을 터뜨리고 말았다.

"여기서 또 만났네요. 이젠 좀 질리네."

"제가 따라 오지 말라고 했잖아요."

신인배우의 어색한 대사 연기 같은 말을 주고 받던 두 사람은 이렇게 된 거 커피라도 마시자며 함께 밖으로 나갔다. 하지만 차가운 밤공기에 커피를 마시기엔 너무 늦은 시간이라는 걸 깨달았다. 무엇보다 예보에 없던 비가 쏟아지고 있었다. 우산은 하나밖에 없었다.

이른 아침의 낮은 햇살에 깬 A의 눈에 처음 들어온 것은 침대 위에 널브러진 책들과 영수증, 한림문고 종이 가방 그리고 A의 단골 카페에서 사 온 게 분명한 샌드위치와 커피를 들고 있는 부스스한 모습의 B였다.

B는 식어 버린 커피를 한 모금 들이키고는 말했다.

"어제 그거 다시 봐도 돼요? 한 번 더 보여 줘요."

두 사람이 같은 장소를 살피다가 만났다는 것만으로도 이들이 어떤 공통점을 지녔음을 짐작할 수 있습니다. 공간이 전환되자 그사이에 일어난 일과 두 사람의 관계가 궁금해지고요. 여기서 침대 위에 조금 색다른 물건들을 배치하면 독자로 하여금 뻔한 상상과는 다른 일이 있었을지도 모른다는 기대를 품게 할 수도 있습니다. B가 A에게 보여 달라는 건 도대체 뭘까요? 어젯밤 A는 B에게 뭘 보여 준 걸까요?

이야기 속에 어떤 사건, 변화, 진행 등을 넣고 싶을 때도 공간을 활용할 수 있습니다. 몇 가지 예를 들어 보죠.

해결사 C가 감시 카메라에 찍힌 의뢰인의 얼굴을

D의 얼굴로 바꾸기 위해 D의 다양한 표정을 수집하려 합니다. 그렇다면 누군가의 많은 표정을 자연스럽게 찍을 수 있는 공간이 필요하겠지요. 대형 테마파크 같은 곳이라면 카메라를 들고 누군가를 찍은들 크게 의심받지 않을 겁니다. C는 D가 아이 생일에 테마파크에 가는 걸 알아내고 몰래 따라붙어 D의 다양한 표정을 촬영합니다. 찍은 사진을 살펴보던 C는 군중 속에서 D를 지켜보는 게 자신만이 아니라는 사실을 깨닫게 됩니다. 새로운 인물인 E의 재킷 속에는 흉기의 손잡이 같은 게 보입니다. 아무래도 사진만 찍으러 온 것 같지는 않네요. 그런데 E를 보낸 게 아무래도 자기 의뢰인 같다는 생각도 듭니다. 의뢰인이 증거 인멸을 위해 자기도 제거하려 할지 모른다는 생각이 들자 C는 잔뜩 긴장합니다. 수많은 감시 카메라와 지친 어른들과 신난 어린이들이 득시글거리고 동굴 속 해적과 해변의 인어공주가 살아 움직이는 테마파크에서 쫓고 쫓기는 이야기가 시작됩니다.

　F와 G 두 사람이 의도치 않게 자주 마주치면서 서로를 무의식 속에 남기려면 어떻게 해야 할까요? 우연히 계속 만난다고만 하는 것보다는 열차의 같은 칸이나 자그마한 비행기에 두 사람을 두는 게 좋겠지요. 이때 객석의 등급을 이용해 두 사람이 마주칠 때의 분위기도

조율할 수 있을 거고요. 서로를 인지한 두 사람이 충동적 행동을 하게 만들고 싶다면 중간에 내릴 수 있는 열차가 나올 수도 있습니다. 조금 더 과감한 행동을 하게 만들고 싶다면 국제선 비행기의 경유지에서 내리게 만들 수 있고요. 비자가 필요한 곳이라면 두 사람은 공항에 갇힌 신세가 되어 또 인연을 이어 나가겠지요.

H는 I가 자신을 어떻게 생각하는지 궁금해 합니다. 조심성 없는 I로 하여금 H가 듣고 있다는 것도 모른 채 H에 대한 생각을 털어놓게 만들고 싶을 땐 어떻게 하면 될까요? 그냥 우연히 길을 걷다가 듣게 만들어도 되겠지만, 조금 더 극적으로 만들어 보고 싶다면 나를 숨기고 남에게 말을 걸 수 있는 공간을 조성할 수 있습니다. 예를 들어 핼러윈 코스튬 파티나 가면무도회 같은 곳. H는 얼굴이 전혀 보이지 않는 우스꽝스러운 가면을 쓰고 파티 분위기에 흠뻑 젖은 I에게 다가가 H에 대해 어떻게 생각하는지 묻습니다. I는 H의 면전에서는 털어놓지 않던 진심을 털어놓고 그걸 들은 H의 심리는 큰 변화를 맞이합니다. 그날 이후 파티 때 썼던 가면은 H에게 상징성을 갖게 되어 그는 어떤 일을 벌일 때마다 쓰고 다닙니다.

공간이 주인공이 될 수는 없습니다. 그리고 공간이

항상 어떤 역할을 하는 것도 아니고요. 하지만 필요에 따라 공간을 적극적으로 활용하면 더 극적이고 역동적인 장면을 만들어 내거나 다음 장면에 대한 새로운 아이디어를 얻을 수도 있습니다. 그냥 '벽지'로만 남겨 두기에는 아까운 도구지요.

묘사의 순서

가끔은 독자에게 아득히 넓은 공간을 보여 주어야 할 때가 있습니다. 특히 스케일이 큰 이야기를 한다면요. 그럴 땐 독자가 실제로 그 공간에 섰을 때 시선이 어떻게 이동할지를 고려하면서 정보를 제공하는 것이 좋습니다. 사실 이건 굳이 넓은 공간이 아니라도 마찬가지지만, SF에서는 아무래도 큰 공간을 보여 줄 때가 많지요.

월면 무도회가 열리는 공간을 그려 봅시다.

최초의 월면 무도회를 위해 개조된 체육관의 모습은 놀라웠다. 무도회장을 둘러 싼 원형 벽면은 충돌 사고를 막기 위해 부드러운 쿠션으로 뒤덮여 있었는데 무려 실크 마감이었다. 입구 바로 옆에 있는 접수대는 지구의 오성호텔에서 그대로 떼어 온 것 같은 고급스러운 원목 테이블이었다. 천장에는 낚싯줄 같은 케이블 서너 가닥에 아슬아슬하게 매달린, 눈동자를 닮은 복잡하고 거대한 샹들리에가 누구든 춤을 추지 않는다면 용서하지 않겠다는 듯 내려다보고 있었다. 달의 중력이 약하기에 가능한 연출이었다. 체육관, 아니 무도회장의 문에는 인류가 최초의 로켓을 쏘아 올린 이후부터 달에서 무도회가 열리기까지의 역사를 압축한 예술적인 세밀화가 그려져 있었다.

이렇게 대충 머릿속 그림을 그릴 수는 있습니다. 여기서 묘사의 대상, 즉 시선이 향하는 곳의 순서를 보면 원형 벽면 → 입구 옆 접수대 → 천장의 샹들리에에 케이블 → 샹들리에에 → 입구 순서입니다. 시선이 이렇게 움직이는 게 불가능하지는 않겠지만 아무래도 비효율적이고 부자연스럽죠. 대신 인물의 시선을 따라가는 느낌으로 묘사하면 공간을 더 효율적이고 자연스럽게 보여 줄 수 있습니다.

최초의 월면 무도회를 위해 개조된 체육관의 모습은 놀라웠다. 체육관, 아니 무도회장에 도착하자마자 나를 맞이한 건 인류가 최초로 로켓을 쏘아 올린 이후부터 달에서 무도회가 열리기까지의 역사를 압축한 세밀화로 장식된 문이었다. 문을 열고 들어가자 지구의 오성호텔의 접수대를 그대로 떼어 온 것 같은 고급스러운 원목 테이블이 기다리고 있었다. 접수를 마치고 발걸음을 옮기니 머리 위에 있는 눈동자를 닮은 거대하고 복잡한 샹들리에가 가장 먼저 눈에 들어왔다. 자세히 보니 고작 낚싯줄 같은 케이블 서너 가닥만으로 아슬아슬하게 천장에 매달려 있었다. 누구든 춤을 추지 않는다면 용서하지 않겠다며 쏘아보는 듯했다. 중력이 약한 달이기에 가능한 연출이었다. 고개를 내리고 시선을 한 바퀴 빙글 돌리며 무도회장 전체를 둘러봤다. 무도회장을 둘러싼 원형 벽면은 충돌 사고를 막기 위해 부드러운 쿠션으로 뒤덮여 있었는데 무려 실크 마감이었다.

이제 시선은 입구 → 입구 옆 접수대 → 머리 위의 샹들리에 → 샹들리에를 붙잡고 있는 케이블 → 원형 벽면 순서로 이동합니다. 인물의 시선을 따라 함께 보듯 묘사하는 거죠. 중간에 '발걸음을 옮기니 머리 위에'나 '고개를 내리고' 같은 표현을 통해 다음에 바라볼 대상이 어느 방향에 있는지도 미리 알려주었고요.

디테일의 활용

디테일은 독자가 인물과 작가를 신뢰할 수 있게 도와주는 좋은 도구입니다. 천문학자인 J가 어느 날 밤하늘에 이상한 별이 나타났다는 소식을 듣고 근처에 있는 관측소로 달려갔다고 해 봅시다.

관측소로 달려간 J는 갑자기 나타난 별을 관측했다.

이렇게 해도 됩니다. 별 문제 없어요. 하지만 이야기에서 J가 주인공이거나 천문학자라는 설정이 중요한 역할을 한다면 이것만으로는 조금 아쉬울 수 있습니다.

J는 서둘러 관측소로 가서 1.5미터 망원경의 돔을 열었다. 돔이 천천히 열리는 동안 관측용 컴퓨터와 제어용 컴퓨터에 차례로 전원을 넣고 화면이 켜지길 기다렸다. 평소라면 야식용 샌드위치라도 준비하며 느긋하게 기다렸겠지만 오늘 J는 화면 앞에서 꿈쩍도 하지 않았다. 화면이 켜지고 시스템이 작동하자마자 망원경의 위치가 제대로 천정을 향하고 있는지 확인한 다음 인터넷에 올라온 기묘한 별의 좌표를 입력했다. 거

대한 모터 소리와 함께 망원경과 돔이 움직이기 시작
했다. 절차대로라면 CCD의 온도와 진공도를 확인하
고 플랫 영상도 촬영해야 했지만 지금은 그럴 상황이
아니었다.

　독자가 모두 이해할 필요는 없습니다. 독자는 관측
용 컴퓨터와 제어용 컴퓨터의 차이에 대해서 몰라도 됩
니다. CCD의 온도와 진공도가 왜 중요한지도 몰라도
되고요. 플랫 영상이 뭔지도 굳이 알 필요는 없습니다.
그런 게 있었다는 것도 금방 잊어버릴 거고요. 하지만
이를 통해 J가 관측 경험이 많은 전문가라는 걸 독자가
기억하게 되겠지요. 그러면 이야기 후반부에 낯선 평행
우주 탐사선의 심우주 관측 장비를 약간의 노력만으로
어떻게든 사용하는 장면이 들어가도 그리 부자연스럽
게 느끼지 않을 거고요.
　디테일은 작가가 그 대상에 대해 충분히 이해하고
있다는 인상을 주어 다른 장면에서 다소 의아한 내용이
나와도 큰 의심 없이 넘어가게 만들어 줍니다. 그래서
이야기의 서두에 자세한 세부 묘사로 독자의 신뢰를 어
느 정도 확보하고 나면 후반부에서 적당한 거짓말을 풀
어놓기 쉬워진다는 장점이 있습니다. 물론 실제 전문가

가 본다면 얘기가 좀 다르겠지만요.

디테일은 또한 독자의 상상력을 이끌어 냅니다. 앞에서 예로 든 월면 무도회장 설명을 '달에 만들어진 최초의 무도회장은 화려하기 그지없었다'고만 하면 어떨까요? 화려한 무도회장이라는 건조한 정보만 머릿속에 남을 뿐입니다. 그냥 우주선을 타고 스쳐 지나가는 경치의 일부라면 상관없겠지만 중요한 장면의 배경이라면 독자가 머릿속에서 충분히 상상할 수 있도록 이끌어 주는 게 좋습니다.

다만 지나친 디테일은 독자의 독해력을 낭비해 피로감을 불러오기 때문에 필요한 곳에서 적당히 써야 합니다. 천문대로 향하는 J가 올라탄 낡은 자전거의 구조와 디자인에 대해 서른 문장을 쓴다거나 월면 무도회 접수원의 따분한 일상을 세 페이지에 걸쳐 쓰는 디테일은 필요 없습니다. J가 관측소 옆에 내팽개쳤던 자전거가 사실 변신로봇이었다거나 수동적이고 지루한 삶을 보내던 접수원이 붕괴한 무도회장 아래에서 30일 동안 살아남으며 사고의 배후에 가려진 음모를 밝혀내는 이야기가 아니라면요.

중요한 순간들

이야기 속에서 중요한 장면이라면 별일 없이 지나가는 풍경도 디테일을 살리는 게 좋습니다. 정보 전달을 위해 서라기보다는 현장에 있는 인물들의 감각을 중심으로 세부사항을 보여 주는 거죠.

앞서 서점에서 만난 두 사람의 다음 장면을 한번 그려 보지요.

A와 B가 서점을 나오자 비가 쏟아지고 있었다. 자그마한 우산 하나밖에 없었기 때문에 두 사람은 서로의 몸을 꼭 붙이고 우산 하나에 의지해 역으로 갔다.

빗속에서 역으로 향하는 두 사람의 거리감을 간단히 보여 줍니다. 이 장면을 자세히 묘사한다고 인물들을 바라보는 독자의 시선이 달라지는 게 아니라면 그리 공을 들일 필요는 없습니다.

하지만 만약 이도저도 아닌 관계에 있던 두 사람이 바로 이 순간부터 물리적 거리를 좁히기 시작했다면 어떨까요? 두 사람에겐 이때 보고 느낀 것들이 소중한 기억으로 남겠죠. 그렇다면 더 뚜렷한 인상을 남겨 주는 것도 좋은 선택입니다. 삶에서 중요한 순간이 항상 대단한 공간에서 일어나는 건 아니지만, 그런 순간들은 언제나 선명한 기억으로 남으니까요.

A와 B가 서점에서 나오자 비가 쏟아지고 있었다. 배수로가 막혔는지 서점과 역 사이에 있는 자그마한 광장은 빗물이 가득 고여 얕은 웅덩이가 되었다. 수면은 빈틈없이 튀어 오르는 물방울로 가득했고 그 모습은 물로 된 잔디밭이라는 말이 더 어울릴 정도였다.

어른 둘이 쓰기에는 턱없이 작은 양산뿐이었던 두 사람은 하는 수 없이 서로의 몸을 바싹 붙이고 팔로 단단히 붙잡은 다음, 양산에 몸을 가리고 물방울 우주를 가로질렀다.

시야를 가득 채운 격자모양 건물을 배경으로 커다란 튜브처럼 입을 벌리고 있는 역의 입구는 마치 아까 본 책 표지 속 우주선의 탑승구 같았다. 눈부신 조명이 가득한 입구에 들어서자마자 그들을 맞이하는 좁다란 에스컬레이터가 기묘한 분위기를 북돋았다.

물론 중요한 순간일수록 짧고 간결하게 묘사하는 것도 여운을 남기는 좋은 방법입니다.

A와 B가 서점에서 나오자 비가 쏟아지고 있었다. 빗방울은 차가웠지만 맞닿은 두 사람의 체온을 식히지는 못했다.

인물 표현

인물을 묘사할 때는 성격을 직접 설명하기보다는 간단한 에피소드를 섞어 보여 주는 게 더 자연스럽고 인물의 이미지를 구축하는 데에도 도움이 됩니다.

브루스 웨인은 불의를 용납할 수 없는 사람이었다.
⇒ 브루스 웨인은 학생시절 한 달에 한 번은 동네 조폭의 수금을 방해하다가 얻어맞았는데, 월말이 되면 마을의 모든 병원이 그의 의료 차트를 접수대 맨 위 서랍에 미리 넣어 둘 정도였다.

인물의 취향도 마찬가지입니다. 그저 어떤 걸 좋아한다고 쓰기보다는 그 취향을 직접 보여 줄 에피소드를 잠깐 언급하는 거죠.

로빈은 여전히 그림책을 좋아했다.

⇒ 로빈은 광화문에 갈 때마다 서점에 들러 아동서적 코너를 한 바퀴 돌았다. 오손 완제크의 새로운 그림책이 나오지는 않았는지, 새롭고 매력적인 그림 작가를 발견하지는 않을지 하는 기대 때문이다.

머릿속에 떠오른 인물이 너무나 잘생겼거나 아름답더라도 외모 자체가 이야기 속에서 중요한 역할을 하는 게 아니라면 외관 묘사는 적당히 하는 편이 좋습니다. 독자가 자기만의 상상력을 발휘할 여지를 남기는 거죠.

브루스 웨인의 윤기 가득한 흑갈색 머리카락은… 얼굴에는 광대뼈의 그림자가 졌고… 스트라이프가 들어간 짙은 회색 아르마니 수트가…
⇒ 브루스 웨인은 월급을 받아 먹고사는 사람에겐 보는 것조차 허락되지 않는 특별한 계급을 위한 고급 패션 잡지(만약 그런 게 있다면)를 찢고 나온 것 같은 모습이었다.

정보 전달

SF에는 낯선 세상이나 미지의 존재, 익숙하지 않은 대상이 자주 등장하기 마련입니다. 그러다 보니 이런저런 설명이 필요할 때가 많지요. 이걸 설명문처럼 줄줄이 늘어놓는 건 그리 좋은 방법이 아닙니다. 가급적 이야기 속에서 직접 보여 주는 게 좋지요. 때로는 보여 주기 어려울 때도 있습니다. 정보의 중요성에 비해 그걸 전달하는 데 너무 많은 장면이 필요하거나 복잡할 수도 있고요. 그럴 때는 인물 간의 정보 격차를 이용할 수 있습니다. 그렇다고 누구 하나를 바보로 만들라는 건 아니고, 각 인물에 서로 다른 지식과 경험을 부여해서 자연스럽게 정보를 주고받도록 하는 거죠. 이를 통해 인물 간의 관계도 함께 전달할 수 있으면 좋고요. 즉 설명을 해야만 할 때는 설명에 **설명 이상의 역할**을 부여하는 겁니다.

영화 『인터스텔라』에서 인듀어런스호의 승무원들이 웜홀 통과 이후 다음 목적지를 결정하기 위해 논의하는 장면을 생각해 봅시다. 이들은 전문 분야도, 그 시점에서 가진 정보도 서로 다릅니다. 그래서 그들이 대화하는 동안 자연스럽게 관객에게 필요한 정보가 전달됩니다. 동시에 각자의 성격과 가치관, 우선순위도 드러나면서 인물 간 관계가 한층 더 입체적으로 변합니다. 이는 결말에 대한 복선으로 작용하기도 하죠.

　SF는 아니지만 토머스 해리스의 『양들의 침묵』에서 클라리스 스탈링과 한니발 렉터의 대화 장면도 좋은 예입니다. 렉터는 현실적인 작품의 분위기에 어울리지 않을 만큼 초월적 감각을 지닌 분석심리학 전문가인 데다 FBI가 추적중인 범인의 정체도 이미 짐작하고 있습니다. 스탈링은 이제 막 교육 과정을 마친 FBI 연수생이고요. 하지만 스탈링도 만만하지는 않습니다. FBI 행동과학부 과장 잭 크로포드의 기억에 남을 만큼 우수한 학생이었고, 범죄자에 대한 직감도 뛰어나죠. 또한 렉터가 관심을 가진 두 가지, 범인 버팔로 빌에 대한 수사 자료 그리고 기억 속에 묻어 둔 트라우마를 갖고 있지요. 이때 오가는 대화는 범죄 심리와 프로파일링에 대한 정보를 독자에게 전달하는 동시에 마치 체스 게임처럼 긴장감을 유발하며 두 사람의 관계를 구축합니다. 그래서 스탈링과 렉터의 대화는 매우 정적인 장면이면서 두 사람이 빈틈없이 상호작용하는 역동적인 장면이기도 합니다.

　물론 이렇게 하기가 쉬운 건 아닙니다. 대화가 인물

들의 관계에 별 영향을 미치지 못하거나 자연스럽지 않다면 서술로 고쳐 써 봅시다. 무의미한 대화나 어색한 문답보다는 건조하고 솔직한 설명이 더 나을 수 있죠. 애초에 보여 주기와 대화로 전달되는 정보의 양보다 단순 서술로 전달되는 양이 압도적으로 많기도 하고요.

〔 20 〕
퇴고하기

퇴고는 간단히 말해 후편집입니다. 처음부터 다시 읽어 보며 이곳저곳 수정할 부분을 찾는 거죠. 오탈자와 맞춤법 오류, 비문은 당연히 살펴야겠지만 그 외에도 다 쓰고 나서야 보이는 것들이 있기 마련입니다. 옳다고 생각한 것이 틀렸고, 안다고 생각한 것을 몰랐고, 말했다고 생각한 것을 말하지 않았고, 보여 줬다고 생각한 것을 보여 주지 않았고, 필요하다고 생각한 것이 필요하지 않았고, 필요 없다고 생각한 것이 필요했고, 중요하다 생각한 것이 중요하지 않았고, 중요하지 않다 생각한 것이 중요했고… 등등의 것들 말이죠.

작가도 인물과 배경, 사건에 관해 모르는 게 많습니

다. 많은 걸 끝까지 쓰고 나서야 깨닫게 되죠. 이 깨달음을 바탕으로 처음부터 다시 다듬어 나가야 합니다. 어떤 이야기든 처음부터 완벽하게 쓸 수는 없어요. 애초에 그러려고 하지 않는 게 좋고요. 중요하지 않은 세부 요소들은 나중에 다듬기로 하고 일단 이야기를 이어 나갑시다. 그걸 다듬는 단계가 퇴고니까요. 뒤늦게 떠오른 더 나은 표현 혹은 있으나마나 한 장면이나 없는 게 나은 문장이 있다면 역시 퇴고를 통해 손을 봐야 합니다.

퇴고는 형편없는 소설을 그나마 읽을 만한 소설로 만들어 줍니다. 읽을 만한 소설을 그럭저럭 괜찮은 소설로 만들어 주고요. 그럭저럭 괜찮은 소설을 제법 좋은 소설로 만들어 줄 수도 있습니다. 제법 좋은 소설을 훌륭한 소설로 만들어 줄지는 모르겠네요. 어쨌거나 퇴고는 작품의 완성도를 올리는 데 굉장히 큰 역할을 하므로 어떤 글을 쓰든 반드시 필요한 단계입니다.

퇴고는 대개 초고를 다 쓰고 나서 하지만 쓰는 도중에 하는 경우도 있습니다. 한 장면, 한 사건, 한 장章을 쓸 때마다 하는 거죠. 분량이 많은 작품이라면 이런 작업이 마지막 퇴고의 수고를 덜어 줄 수도 있습니다. 이 과정을 철저히 수행하여, 원고를 끝까지 쓰고 나서는 전체적인 퇴고를 아예 생략하는 작가도 있다고 하네요. 이야기 진행에 어지간히 확신을 가진 경우가 아니라면 그리 권장할 만한 방법은 아닙니다. 어떤 글이든 초고는 최대한 빨리 완성하는 게 좋거든요. 중간에 계속 고쳐 쓰다 보면 초고를 완성조차 못 할 수도 있습니다.

퇴고는 마음먹고 하려고 들면 굉장히 힘든 과정입니다. 분명 고쳐야 할 것 같은데 어떻게 고쳐야 할지 오리무중일 때도 많고, 장면 하나를 고쳤다가 관련된 다른 부분들까지 연이어 수정하느라 작업량이 많아지기도 하고요. 없던 설정 오류가 도리어 생겨나기도 합니다. 하지만 한편으로는 굉장히 신나는 과정이기도 합니다. 이야기가 다듬어지면서 더 나은 방향으로 가는 게 보이니까요. '왜 이걸 처음엔 생각을 못 했지?'라며 흥분에 차 키보드를 두드리게 되기도 합니다. 미처 깨닫지 못한 커다란 실수를 발견하며 가슴을 쓸어내리기도 하고요.

그렇다면 퇴고는 어떻게 하면 될까요?

묵혀 두기

일단 초고를 묵혀 둡니다. 다 쓰고 나면 보이지 않는 곳, 안 보는 폴더에 넣어 두고 잊어버리세요. 그러고 나서는 하고 싶은 일을 하세요. 정해진 기간은 없고, 세부적인 장면이 잘 떠오르지 않을 정도면 됩니다. 중요한 건 작가의 시선을 버리는 겁니다. 인물, 배경, 사건 등에 관해 잘 안다는 느낌을 잊는 거죠. 고심해서 쓴 장면일수록 작가의 머릿속에서만 통하는 논리가 작용하기 쉽습니다. 살인마가 집 안에 있다는 걸 안 주인공이 부엌에서 식칼이 아닌 빵칼을 굳이 찾아서 손에 들었다고 해 봅시다. 작가는 그 장면을 여러 번 고쳐 쓰면서 식칼을 쥐 보기도 하고 바나나를 쥐 보기도 하면서 빵칼이 가장 좋은 선택이라는 결론을 내렸고요. 초고를 쓴 직후에 읽으면 '작가 머리'는 이미 빵칼을 선택한 이유를 수긍하는 상태여서, 이 장면에서 주인공이 그렇게 한 이유가 충분히 전달되지 않았다는 걸 깨닫지 못할 수도 있어요. 이런 실수를 발견하기 위해서라도 퇴고는 초고를 잠시 방치해 내용을 얼추 잊어버렸을 즈음에 하는 게 좋습니다.

　　퇴고를 하려는데 초고를 쓸 때의 감각이 자꾸 떠오른다면 원고의 형태를 바꿔 볼 수도 있습니다. 검은 바탕에 흰 글씨로 바꿔 봐도 좋고 폰트 스타일이나 크기, 줄 간격, 글자색, 여백 등을 바꾸는 것도 좋아요. 분량이 많지 않다면 손으로 직접 써 보거나 처음부터 다시 타이핑해 보는 것도 좋습니다. 그리고 가능하다면 적어도 한 번 정도는 종이에 직접 인쇄해서 펜을 들고 퇴고를 해 봅시다. 물론 굳이 인쇄하지 않고 PDF 파일과 태블릿 PC와 전용 펜을 이용해도 됩니다. 다만 종이책을 읽을 때와 전자책을 읽을 때의 느낌이 다른 것처럼, 새로운 시선으로 원고를 다듬고 싶다면 종이에 인쇄해서 보기를 권합니다.

설정 충돌 찾기

설정 충돌은 치명적이면서도 놓치기 쉬운 실수 중 하나입니다. 중요한 역할을 하는 설정이라면 실수를 금방 발견하겠지만 짧게 언급하고 넘어가는 부분에서 오류가 생기면 쉽게 발견하기 어렵습니다.

> 민수는 일에만 미쳐 살다가도 매년 한 번씩은 달에 있는 아폴로11호 유적지로 혼자 여행을 갔다. (…) 좀비가 바깥에서 문을 두드리고 있는 와중에도 민수는 지독한 폐소공포증 때문에 차마 환풍구 안으로 들어갈 수 없었다.

여기서 설정이 충돌하는 부분은 어디일까요? 민수는 목숨이 위험한 상황에서도 좁은 공간으로는 도망칠 수 없을 만큼 심한 폐소공포증 환자입니다. 그런데 1년에 한 번은 달로 여행을 떠나요. 우주선은 굉장히 좁고 밀폐된 공간입니다. 심지어 얇은 벽 너머에는 극단적인 허공이 있고요. 게다가 우주복은 사실상 몸에 꽉 맞게 만들어진 1인용 우주선에 가깝습니다. 폐소공포증 환자에게는 지옥과 같은 공간이지요. 실제 우주비행사들도 우주복을 입었을 때의 고립감과 밀폐감을 극복하는 훈련을 합니다. 그러니 우주 좀비를 앞에 두고도 환풍구 안에 들어갈 수 없는 민수가 아폴로11호 유적지로 휴가를 간다는 건 앞뒤가 맞지 않는 겁니다.

이럴 때는 민수가 환풍구로 들어가지 못하는 다른 이유를 만들어 주거나 폐소공포증이 있음에도 우주여행이 가능한 이유를 추가해 줄 필요가 있습니다. 예를 들어 폐소공포증을 완화해 주는 약물 덕분에 민수가 우주여행을 즐길 수 있게 되었는데, 좀비 사태가 벌어졌을 때 그 약물이 다 떨어진 거죠. 민수는 이제 맨몸으로 밀폐 공간을 견뎌야 살아남을 수 있습니다. 이 상황을 극복하고 나면 민수는 에필로그에서 약물의 도움 없이 진정한 우주여행을 즐길 수 있게 될지도 모르겠네요.

아래의 장면에도 몇 가지 오류가 있습니다.

유진이 차였다는 소식에 혜리는 우산은커녕 모자도 없이 빗길을 10분이나 달려 카페로 향했다. 카페에 도착했을 땐 이미 그 망할 놈은 자리를 뜬 뒤였고 유진은 혼자 구석 자리에서 훌쩍거리며 눈물만 쏟아 내고 있었다. 혜리는 유진 맞은편에 슬그머니 앉아 아무 말도 않고 목에 걸고 있던 스카프를 내밀었다. 평소엔 상자에 넣어 옷장 속에 꼭꼭 숨겨 두다가 중요한 일이 있을 때만 꺼내 쓰고, 혜리 본인 말고는 아무도 손대지 못하게 하던 베가산 명주 스카프였다. 유진은 혜리에게 그 스카프가 어떤 의미인지 그리고 그 스카프를 건넨다는 것이 어떤 의미인지 누구보다 잘 알았다. 그래서 유진은 스카프를 받아 들고도 차마 눈물을 닦지 못했다. 하지만 눈물은 턱 아래로 뚝뚝 떨어져 스카프 명주실 사이로 빗물처럼 스며들었다. 혜리의 진심도 그렇게, 유진의 마음으로 스며들었다. 아무런 대화도 하지 않았지만 두 사람은 이미 모든 걸 알고 있었다.

혜리는 우산도 모자도 없이 10분이나 빗길을 걸어왔기에 분명 온몸이 완전히 젖었을 겁니다. 당연히 목에 맨 스카프도 흠뻑 젖었겠지요. 그런데 혜리는 유진에게 눈물을 닦으라며 이 축축한 스카프를 주는 겁니다. 게다가 스카프에 떨어진 눈물이 빗물처럼 스며들었다고 하네요. 이런 오류는 글을 쓸 때는 자칫 놓치기 쉽습니다.

그런데 애초에 혜리가 이렇게 비가 쏟아지는 날에 그렇게나 아끼던 스카프를 두르고 나온 것도 이상합니다. 혜리가 그럴 수밖에 없었던 이유가 있어야겠죠. 예를 들어 중요한 사업 고객과 미팅이 있었기 때문이라고 해 봅시다. 그런 상황에서 뛰쳐나온 거라면 유진을 향한 혜리의 마음이 아주 특별하다는 게 전달되겠죠. 혜리가 조금 무책임해 보이기도 하지만, 반대로 그 정도의 일은 만회할 수 있을 만큼 충분히 유능한 사람이라는 걸 보여줄 기회로 활용할 수도 있습니다.

동기 점검하기

그다음으로는 인물들의 동기를 살펴야 합니다. 특히 다음 장면을 정해 놓고 인물을 움직이다 보면 그 장면으로 가기 위한 인물의 동기가 종종 어색해지곤 합니다.

리들리 스콧의 『에이리언 2』 도입부에서 리플리가 악몽이 시작된 장소인 LV-426으로 돌아갈 결심을 하는 장면을 이렇게 썼다고 해 봅시다.

회사로부터 두둑한 보상과 호화 우주주택을 약속받은 리플리는 해병대와 함께 다시 LV-426으로 향하기로 했다.

그런데 퇴고할 때 다시 보니 좀 이상하게 느껴집니다. 평범한 블루칼라 노동자에 불과했던 리플리는 LV-426의 괴물 때문에 동료를 모두 잃고 자기도 죽을 뻔한 지옥을 겪었어요. 돌아와서도 매일같이 악몽과 트라우마에 시달리고요. 그런데 겨우 경제적 보상에 혹해서 그곳으로 돌아가기로 했다는 건 리플리가 어지간히 돈에 눈이 먼 게 아니고서는 말이 되지 않습니다. 하지만 리플리가 그곳으로 가야만 이야기가 진행돼요. 그렇다면 리플리가 반드시 그곳으로 가야만 하는 이유를 만들어 주어야 합니다.

어떤 회유책에도 꿈쩍도 하지 않던 리플리는 LV-426 파견 팀의 목적이 그 망할 괴물들을 모조리 쓸어 버리는 것이라는 사실을 확인하고 나서 마음을 바꿨다. 악몽에서 벗어나기 위해 악몽과 마주하기로 한 것이다.

이렇게 하면 리플리가 지옥으로 돌아가는 이유가

설득력을 갖습니다. 물론 처음 쓸 때부터 인물들의 동기를 꼼꼼히 설정하는 것이 이상적이겠지요. 하지만 어느 정도 정해진 이야기를 굴리다 보면 인물이 충분한 동기 없이 움직이는 걸 작가가 발견하지 못할 때가 있습니다. 이 점을 퇴고할 때 같이 점검해 주면 좋습니다.

주제와 상징, 복선 심기

퇴고 과정에서 이야기 곳곳에 주제를 담은 상징 혹은 결말에 대한 복선을 심어 둘 수도 있습니다. 처음부터 상징이나 복선에 너무 집착하다 보면 진행이 지연되기 때문에 글을 쓰는 동안에는 이야기의 진행 자체에 집중하고, 초고를 완성한 뒤에 퇴고 단계에서 주제나 결말에 맞게 세부사항을 조절하고 상징과 복선을 심는 거죠.

만약 초고에 쓴 이야기가 전달하고자 했던 주제와 어울리지 않는다면 어떻게 해야 할까요? 지금 이야기가 마음에 들지 않는다면 고쳐 써야 합니다. 하지만 지금 이야기가 마음에 든다면 처음 떠올렸던 주제는 잠시 내려놓고 그 이야기에 어울리는 새로운 주제를 찾는 게 좋습니다. 이야기는 그 작품만의 고유한 것이지만, 주제 자체는 다른 작품에서도 충분히 담아낼 수 있습니다.

일관성 점검하기

오랜 시간에 걸쳐 하나의 이야기를 쓰다 보면 여러 요소의 일관성이 깨지기도 합니다. 인간의 기억력은 완벽하지 않으니까요. 예를 들면 이런 것들입니다.

- 인물의 일관성: 앞 장면에서 서류를 집어던지던 상사가 다음 장면에서는 미팅에 늦은 주인공을 너그럽게 기다리고 있진 않은가?
- 배경의 일관성: 높은 파도를 가르는 유람선을 보여 줬는데 객실에서 주인공이 젠가를 즐기고 있지는 않은가?
- 사건의 일관성: 희생자들이 모두 방사능에 오염되었는데 마지막 장면에서 주인공이 그들의 뼛가루를 바다에 뿌리고 있지는 않은가?
- 주제의 일관성: 타국에서 사는 유학생의 설움을 이야기하면서 모국에 있는 외국인 노동자를 비난하고 있지는 않은가?
- 상징의 일관성: 새장 속 새를 통해 자유에 대한 갈망을 보여 주다가 치킨을 시켜 먹고 있지는 않은가?
- 동기의 일관성: 실종된 아이를 찾으려고 난파된 우주

선에 들어갔는데 아이는 제쳐 두고 괴물 퇴치에 더 집
중하고 있지는 않은가?

독자가 이야기에 깊이 몰입할수록 이런 일관성이
깨지는 순간 당혹감도 크게 느낍니다. 원칙의 보편성과
일관성이 중요한 SF에서는 더욱 그렇죠. 역시 쓰는 동
안에는 발견하지 못하고 넘어갈 수 있으니 퇴고할 때 점
검합시다.

결말 점검하기

어떤 장면이든 머릿속에 있을 때와 문장으로 풀어 냈을
때 느낌이 다릅니다. 상상 속에서는 떨어지는 나뭇잎 한
장도 극적이지만 글로 쓰고 나니 그저 마른 쓰레기일 뿐
일 때가 있지요. 이런 간극은 아마 결말에서 가장 심할
겁니다. 머릿속에서는 끝내주게 훌륭한 결말이었고 여
기까지 열심히 달려왔는데, 정작 초고를 완성하고 보니
뭔가 부족하고 어색하다는 느낌이 들 수 있어요. 마지막
문장을 쓴 직후에는 달성감과 해방감이 몰려와 세상에
서 가장 아름다운 마침표처럼 보일 테지만, 며칠 지나고
나면 생각이 달라지기 십상입니다. 물론 완벽한 결말이

라는 생각이 끝까지 남을 때도 있지만 자주 일어나는 일은 아니죠.

초고 전체를 한번 검토했다면 이제 결말에 대해 다시 생각해 봅시다. 세계나 주인공은 시작할 때와 비교했을 때 충분히, 혹은 원하는 만큼 바뀌었나요? 원하는 주제에 어울리는 결말인가요? 독자에게 어떤 여운을 남길 수 있을까요? 독자의 기대를 나쁜 방향으로 배신하지는 않았나요? 이것이 정말 필연적인 결말인가요? 다른 가능성을 무시하지는 않았나요?

우리가 읽는 소설들은 대부분 퇴고 과정에서 결말이 어떻게 바뀌었는지 알 수 없습니다. 반면 영화는 제작 과정이 공개되는 경우가 많기 때문에 결말이 바뀌는 예를 찾는 게 어렵지 않습니다. 걸작이라고 손꼽히는 영화 중에서도 촬영까지 마친 뒤 결말을 바꾼 작품들이 제법 있죠. 가령 제임스 카메론의 『터미네이터2』의 원래 결말은 우리가 아는 것과 달랐습니다. 원래 결말에서 심판의 날은 오지 않았고 사라 코너는 상원의원이 된 아들 존 코너가 손녀와 놀이터에서 아이들과 노는 모습을 보며 이렇게 말합니다.

심판의 날은 없었다. 사람들은 평소처럼 출근했다. 웃

고 불평하고 TV를 보고 사랑을 나눴다. 나는 길거리를 달리며 "오늘부터 모든 날은 선물이야!"라고 외치고 싶었다. (…) 존은 예언과는 다른 방법으로 싸웠다. 상원의원으로서, 상식과 희망을 무기로 삼아서. 터미네이터가 내게 준 이 사치스러운 희망. 만약 기계가 삶의 가치를 배울 수 있다면 우리도 그럴 수 있을 것이다.

'운명은 없다'라는 작품의 주제를 잘 담고 있긴 하지만, 시종일관 어둡고 무거웠던 분위기와는 잘 어울리지 않고 갑자기 행복한 세상으로 건너뛰어 버린 느낌이지요. 그래서 다시 촬영한 것이 우리가 아는 결말입니다. 영상은 해맑은 놀이터 대신 어두운 고속도로를 비추고, 사라 코너의 독백도 달라졌지요.

언제나 선명했던 미래가 지금은 한밤의 고속도로 같다. 우리는 미지의 영역 속에서 새로운 역사를 만들고 있다. 알 수 없는 미래가 우리에게 다가온다. 나는 처음으로 희망을 품고 미래를 받아들인다. 만약 기계가, 터미네이터가 삶의 가치를 배울 수 있다면 우리도 그럴 수 있을 테니까.

이 작품에서 "운명은 없다"라는 대사는 누구나 알 정도로 유명하죠. 이 대사 뒤에는 사실 한 줄이 더 있습니다. "우리가 스스로 만든 것 외에는." 두 번째 결말은 영화 전체의 분위기에 더 잘 어울릴 뿐만 아니라, 운명을 회피하지 않고 만들어 가는 것이 중요하다는 주제를 더 명확하게 표현하고 강렬한 여운도 남겼습니다.

결말을 손볼 때 반드시 커다란 변화를 주어야 하는 건 아닙니다. 『어벤져스: 엔드게임』에서 토니 스타크가 마지막으로 손가락을 튕길 때 원래는 아무 대사도 없었는데, "나는 아이언맨이다"라는 대사를 추가해 새로 촬영했고, 이 대사 한 줄이 영화의 여운을 폭발시켰죠.

어떤 이야기든 결말의 중요성은 새삼 언급할 필요 없을 정도로 명백합니다. 돌이킬 수 없는 변화를 다루는 SF에서는 더욱 그렇고요. 만약 단편이라면 이야기 자체가 결말을 위해 존재하는 것이라고 할 수도 있습니다. 그러니 이야기를 완성했어도 결말을 바꿔야 한다면 바꾸면 됩니다. 이미 훌륭한 결말이라면 더욱 탁월하게 만들어 줄 문장이나 대사를 고민해 보는 것도 좋고요.

10퍼센트의 원칙

그 메모를 쓴 사람이 누구였는지 기억할 수 있다면 좋
겠다. 누구였든 간에, 그 사람은 나에게 크나큰 도움
을 베풀어 주었다. 나는 그 공식을 마분지에 베껴 내
타자기 옆의 벽에 테이프로 붙여 놓았다. 수정본=초
고-10퍼센트. 행운을 빕니다.

　　　—스티븐 킹, 『유혹하는 글쓰기』

　　퇴고의 마지막 단계는 가지치기입니다. 불필요한
부분을 잘라 내는 거죠. 덧붙이는 게 아니라 잘라 내는
단계이기 때문에 일단 분량이 줄어들어야 합니다. 초고
를 완성하고 여기저기 다듬다 보니 분량이 오히려 늘어
났다면 그건 애초에 이야기가 완성되지 않았기 때문일
가능성이 높습니다. 사실상 그 이후부터가 진짜 퇴고죠.
　　가장 기본적인 방법은 문장을 짧게 만드는 겁니다.
머릿속의 시각적 장면을 글로 옮기는 데 집중하다 보면
문장이 장황해지기 쉽습니다. 대개는 문장이 쓸데없이
길어져서 가독성을 떨어뜨리는 결과를 낳죠. 그만큼 비
문이 될 가능성도 높아지고요. 이럴 때는 문장을 짧게
만드는 것만으로도 개선할 수 있습니다.

세상에서 가장 아름다운 문장·장면·사건이라도 이야기와 어울리지 않는다면 그리고 필요하지 않다면 버려야 합니다. 물론 모든 잔가지를 잘라 버릴 수는 없습니다. 그러면 시놉시스나 트리트먼트와 별반 다를 게 없겠죠. 이야기 전개와는 별개로 문장 읽는 재미를 살리고 장면을 상상하는 즐거움을 주는 요소들은 남겨 두어야 합니다. 제임스 본드가 보드카 마티니를 젓지 않고 흔들어서 마시는 게 그의 고상한 취향을 보여 주는 것 말고는 아무 역할도 하지 않음에도 『007 시리즈』에서 빠지지 않고 등장하는 것처럼요. 그런 것들이 관객을 즐겁게 하니까요. 작은 농담이나 좋아하는 작품에 대한 오마주도 남겨 둘 수 있습니다. 하지만 그런 것들이 작품을 지배하거나 핵심 전개에 못난 가지처럼 끼어들어서는 안 된다는 겁니다. 그 가지 끝에 핀 꽃이 얼마나 아름답든, 방해가 되는 가지는 꺾어 내야 합니다.

다 쓴 다음에는

절대 후회하지 마라. 만약 작품이 좋다면, 바랄 것이 없다. 만약 작품이 나쁘다면, 그것은 단지 경험일 뿐이다.
　　　—빅토리아 홀트

어쩌면 실패할지도 모른다. 두려워하지 마라. 그냥 써라. 그래도 써라.
　　　—재닛 버로웨이, 『라이팅 픽션』

계속 쓰세요.

SF 쓰는 법
: 과학적 상상은 어떻게 이야기가 되는가

2025년 5월 24일   초판 1쇄 발행

지은이
해도연

펴낸이	**펴낸곳**	**등록**	
조성웅	도서출판 유유	제406-2010-000032호(2010년 4월 2일)	

주소
경기도 파주시 돌곶이길 180-38, 2층 (우편번호 10881)

전화	**팩스**	**홈페이지**	**전자우편**
031-946-6869	0303-3444-4645	uupress.co.kr	uupress@gmail.com
	페이스북	**트위터**	**인스타그램**
	facebook.com /uupress	twitter.com /uu_press	instagram.com /uupress

편집	**디자인**	**조판**	**마케팅**
인수, 김정희	이기준	정은정	전민영

제작	**인쇄**	**제책**	**물류**
제이오	(주)민언프린텍	다온바인텍	책과일터

ISBN 979-11-6770-121-3 03800
     979-11-85152-36-3 (세트)